拝啓、桜守の君へ。

久生夕貴

富士見Ｌ文庫

もくじ

私が初めて木精（もくせい）と話したのは、五歳の春だった。

大好きなぬいぐるみを失（な）くして落ち込む私に、いつも縁側に座っていた綺麗（きれい）な男の人が声をかけてきたのだ。

『咲（えみ）、人形なら石楠花（しゃくなげ）の奥に落ちている』

急に話しかけられて驚いたけれど、言われた通り庭の石楠花のそばへ行ってみたら、探していたウサギのぬいぐるみが落ちていた。

あんまり嬉（うれ）しくて、私はその人に駆け寄った。

「うさちゃんあった！」

『そうか。よかったな』

「教えてくれてありがとう！　えっと……あなたお名前は？」

その人は少し困ったように微笑（ほほえ）んでから、濃緑の瞳（ひとみ）をやわらかく細めた。

『俺の名は、楠（くすのき）だ』

古来、長い年月を生きた木には精霊が宿るという。

木精とか、葉守の神と呼ばれる彼らの姿を、日頃人間が目にすることはない。

ただ稀にそういったものが視える人間はいるようで——どうやら私はその『稀な』部類に入るのだと、物心ついた頃に知った。


楠と名乗った彼は、その名の通りクスノキの精霊だと話してくれた。

彼の宿木は裏山の社に植えられたいわゆる『御神木』で、樹齢はゆうに百年を超えているそう……だけど、本人も正確なところは覚えていないらしい。

元々私が生まれた『東平家』は、裏山に祭られている山神を守ってきた家系だそうだ。と言っても山の麓に建てられた小さな杜を管理するくらいのもので、何か特別なことをしているわけじゃない。古くから続く田舎では、こういう一族が珍しくないのだ。

東平家の南側には昔ながらの広い縁側があり、幼い頃の私はそこから続く庭で遊ぶのが日課で、一番好きな場所でもあった。

四季折々の花が咲き匂う庭を一望できる縁側には、いつも腰かけている書生風の青年がいて——それが楠だった。

物心つく前から当たりまえのようにいて、あまりにも普通に過ごしていたものだから、当時の私は彼が人間じゃないことにも気づいていなかった。

誰とも話をしないのも「そういうもの」だと思い込んでいただけに、初めて声をかけられたときは驚いたけれど。

なにより私は、嬉しかったのだ。

綺麗で神秘的な彼と、本当はずっと話をしてみたいと思っていたから。


楠と初めて言葉を交わした翌日、私はひどくショックを受けていたのを覚えている。

幼稚園からしょんぼりして帰ってきた私を見て、楠は怪訝そうに訊いた。

「どうした。そんな顔をして」

「あのね、楠とお話したって、ゆう君とかなちゃんに言ったの。楠はせいれいで、すごく綺麗なんだよって。……そしたら、おばけと話すなんて変だし怖いって」

目に涙を浮かべる私を見て、楠はしばらく黙り込んでいた。今思えば、どう言えば私が理解するか考えてくれていたのだろう。

「いいか、咲。俺と話したことは、あまり人に言わない方がいい」

「お父さんや、お母さんにも？」

「そうだ」

「吉乃おばあちゃんにも？」

無言でうなずく楠を見て、私は悲しくなった。やっと話ができたことを、否定された気持ちになったから。

「どうしてダメなの？」

「咲には俺のことが視えても、他の人間はそうじゃない。視えない人間からすれば、俺はいないのと同じだ」

「でも、楠はここにいるよ」

納得できない様子の私に、楠はそうだなと笑った。

「俺がいることは、咲が知ってくれている。それで十分だ」

後々になって知ったことだけれど、木精が普段人に関わってくることはほとんどない。彼らは長い時を過ごしながらこの世界の営みを見守り続けるだけで、だからこそ楠は私に話しかけてこなかったそうだ。

「じゃあ、どうしてあの時は声をかけてきたの？」

ずいぶん後になって、そう聞いてみたことがある。彼は苦笑しながら言った。

「お前の恨みがましい視線に耐えられなくなったからな」

自分では覚えていないけれど、当時の私は何かにつけ見ているだけの楠に不満そうな視線を投げかけていたらしい。

「まあそのおかげで、咲が〝視える〟人間だと早々に気づけた」――そう楠は笑っていた。

あの日から私にとって楠は家族だった。

両親は仕事で忙しく、当時は曾祖母である吉乃おばあちゃんも畑仕事に出ていることが多くて、家での話し相手はいつも楠だった。

普段の彼は寡黙で自分の話もあまりしたがらず、そっけない態度のことも多い。けれど私の話にはどんなときでも耳を傾けてくれたし、憎まれ口を叩きながら背中を押してくれたりもした。

だからこそ私は木精の存在を自然と受け入れていったし、彼らの世界に関わろうとしてきたのだと思う。

中学一年の終わり頃、父の転勤で生まれ育った町を離れることになった。楠や吉乃おばあちゃんと離れるのが寂しくて、引っ越しを拒んでいた私の背を押したのも彼だった。

「俺も吉乃もずっと、ここにいる。会いたくなれば、いつでも会えるさ」

引っ越した先では、慌ただしい日々だった。見知らぬ土地での生活や受験、その後始まった高校生活に追われるうち、気づけば三年生になっていた。

大学進学を決めていた私は、進学先として曾祖母の家から通える学校を選んだ。

両親は行きたいところに行けばいいと言ってくれたし、華やかな都会暮らしに憧れたこともある。

でも子供の頃を過ごしたこの町は居心地がよく、小川沿いに続く桜並木や、紫陽花が咲き乱れる古びたお寺や、夕焼け色に染まる商店街がやっぱり好きで。

またあの家で楠や吉乃おばあちゃんと暮らしながら、これからのことを考えていきたい——そんなふうに考えたのだ。

春を迎え、無事受験に合格した私は、五年ぶりにこの町へ戻ってきた。

しわの数が少し増えた吉乃おばあちゃんと、何ひとつ変わらない楠に迎えられて始まった大学生活は、想像以上に新鮮で充実していた。

憧れのキャンパスライフ、初めてのアルバイト、新しく出会った人たち。家では吉乃おばあちゃんと料理をしたり、楠にその日あったことを報告したり。

花の季節になれば馴染みの木精のところへ行って、お喋りをするのも密かな楽しみのひとつだ。

ささやかな煌めきがつまった日々を私は愛していたし、満たされてもいた。

だからこの先も同じような時間が続いてゆくのだと、疑いもしていなかった——あのときまでは。

年の瀬を迎えたころ、私はちょっとしたミスやトラブルが重なり、憂鬱な日々を過ごしていた。そこへ追い打ちをかけるように大切にしていたものを失い、私の心は結構な深手を負ってしまった。

その日を境に日常は色あせ、あんなに楽しかった大学生活もただ通り過ぎるだけのものになってしまっている。

楠はそんな私の様子に気づいているだろうけど、何も聞いてくることはない。たぶんそっとしておいてほしいという本音を、見抜いているのだろう。

思わぬ傷心で立ち尽くしてしまった私は、前にも進めず向き合うこともできず、ただ季節を見送る日々を過ごしていた。

年が明け寒さが峠を越しても、冷え固まった心はほどけぬまま。この町に戻ってきて、二度目の春がめぐってこようとしていた。

第一章

白木蓮　―ハクモクレン―　「高潔」

あの日最後に告げた言葉を、君は覚えていないかもしれない

けれど、それでよかった

白木蓮がため息をついていた。

私がそのことに気づいたのは、大切なものを失って三月が過ぎた頃。冬の名残がいまだ色濃い、早春の朝だった。

その日は雲ひとつない晴天で、きりりと冷えた大気が頬をかすめるたびに、胸の奥に閉じ込めたはずの傷が顔をのぞかせた。けれど私はどうしても行きたい場所があったから、朝食を食べてすぐに家を出ることにした。

いざ外に出てみると、あちこちに漂う春の気配が私の心をやわらかく押し上げてくれる。沈丁花の香りで胸を満たしながら、私は通学路にある庭園へ足を踏み入れた。

「よかった、予測通り」

庭園の奥に立つ、ひと際大きな樹。

五十メートル先に見える白木蓮が、ここからみてもはっきりとわかるほど、純白の花を枝いっぱいに咲かせている。はやる気持ちを抑えながら、私は木のかたわらに歩み寄った。

「……綺麗」

満開の花々を見あげ、思わずため息を漏らす。

冬の寒さを耐え、天に向かって蕾を開く姿は誇らしげで、ビロードのような肉厚の花弁には、高貴な美しさがある。

木蓮は桜と同じで、花が落ちるまで新芽が出てこない。大ぶりの花が枝を埋め尽くすさまを見られるのはほんのひとときで、だからこそ沈み切った心を引きずってでも出向いてきた。

　ひとしきり花を楽しんでから、幹の奥を覗いた。そこには、純白の長袍を着た男のひとが佇んでいる。

　ちなみに長袍というのは中国の伝統衣装で、ゆったりした袖と、足首まである長い丈が優雅で上品だと思う。ただ彼が目を惹くのは珍しい衣装のためでも、思わず見とれてしまう程の整った顔立ちのためでもない。

　皮膚の薄いきめ細かな肌も、腰まで伸びた長い髪も、綺麗に生えそろったまつ毛さえも。すべてがまるで色素を失ったかのように、白く透明感に満ちている。

　瑠璃色をした瞳だけが、まつ毛の下で存在感を示していた。その瞳はどこかにじっと向けられていて、私の存在に気づく気配がない。

（何か考えごとをしてる……？）

　こちらを見ようともしない相手に、声をかけるのはためらわれた。

　仕方なくその場を離れようとしたとき、彼がゆっくりと吐息を漏らしたのだ。

「……どうしたの？」

　声をかけられて、ようやく私の存在に気づいたのだろう。瑠璃の瞳がこちらを向き、一度瞬(まばた)きをした。

「君でしたか。私に何か？」

「さっきため息ついてたから……白木蓮が珍しいな、と思って」

この時期の彼は一年で最も輝き、誇りに満ちているはずなのに。

白木蓮はほんの少し驚いたように沈黙してから、やや苦笑めいた調子で答えた。

「見られていたとは、不覚ですね」

「そろそろあなたが満開になっただろうと思って、楽しみにしてきたもの」

「ええ。ちょうど昨日、満開を迎えたところです」

「それなのにどうして、あんな顔をしていたの……？」

どこか憂いを帯びた瞳が、こちらを見つめた。深く沈み込むような蒼(あお)に、吸い込まれそうな感覚をおぼえてしまう。

――ああ、本当に綺麗。

白木蓮とは、この町へ戻ってきた一年前に出会った。入学手続きをしに行く途中で咲いているのを見かけ、つい立ち寄ったのが縁の始まり。

木精(もくせい)は美しい姿をした者が多い。

中でもこの白木蓮は出会ったときにしばらく見とれてしまうほどで、神々しい姿を目にするたびに、私は魅せられ畏敬の念を抱いてしまう。

「君、ちょっと頼まれてくれませんか」

私の質問に答えることなく、彼は虚空へ視線を馳せた。

白木蓮が人の話を聞かないのと、鷹揚で王様気質なのはいつものことだけれど。

「探してほしい者がいるのです」

「えっと……それは人間？」

ゆっくりとうなずく様子を見て、私は少し意外に感じた。

木精ならではの気高さをまとう彼が、わざわざ探すほど人に興味を持っているとは思ってもみなかったから。

「大きな黒い犬を連れた少女を見つけてほしいのです」

「それだけじゃちょっと……その子の名前は？　年齢とか他に何か手掛かりはないの？」

「彼女の名は〝きよか〟と言い、犬はルゥといいます。年はそうですね、人間の年齢というものはよくわかりませんが、君よりは年若いでしょう」

外見について尋ねてみたものの、白木蓮の話は抽象的でどうも的を射ない。

たぶんこういうことを説明するのが苦手……というか、そんな機会がそもそもないのだろう。

「とりあえず、その子を見つけたらどうすればいいの？」

「ここへ連れてきてください。私の満開が終わるまでに」

「連れてくるっていっても……」

おそらく少女は白木蓮のことは〝視えない〟し、話すこともできないはずだ。けれど当の本人は私の懸念や疑問なんて、意に介してもいない。

「知ってのとおり、私たちは宿木から離れることができません。頼みましたよ」

そう言い切る彼の表情は相変わらず静かだけれど、こちらを向く瑠璃の瞳には切実めいた気配を感じた。

本来であれば、今の自分に誰かの頼みごとを引き受ける余裕も気概もあるとは思えない。けれどあんな顔をする白木蓮を見るのは初めてで——私は断るという選択はおろか、理由を尋ねることすらできなかった。

白木蓮と別れた私は、いったん自宅に戻ることにした。人探しをするのなら、それなりの作戦を練る必要があると考えたからだ。

昔ながらの木戸で作られた門扉をくぐり、ツワブキやヤブランで縁取られた小路を通り抜ける。

曾祖母が守る東平本家は百年近く前に建てられ、何度も修繕をしながら住み続けているそうだ。新しく建て替えることも検討したようだけれど、歴史ある建物を壊してしまうのではなく、活(い)かして住みたいと吉乃(よしの)おばあちゃんが望んだらしい。

ちなみに曾祖母の息子――つまり私の祖父はどうしているのかというと、七十が来ようとしているのにいまだ現役の音楽家で、今も一年のほとんどは夫婦で海外暮らしをしている。そのため私が幼い頃も、この家には曾祖母と私たち家族だけが暮らしていた。

苔(こけ)むした飛び石をたどる途中、庭を覗いて声をかける。

「ただいま、楠(くすのき)」

青緑がかった黒髪の一部を結わえた組紐(くみひも)が、陽の光で煌(きら)めく。外見よりずっと老練なまなざしが私をとらえると同時、口端(くちのは)には笑みが浮かんだ。

「おかえり。また面倒ごとを引き受けたって顔をしているな」

「えっ……よくわかるね」

「伊達(だて)に長く生きちゃいないんでな。そもそも咲(えみ)はわかりやすい」

何もかも見抜いたような言いぶりに、苦笑する。年の功なのか、楠は本当に私のことをよく分かっている。

「吉乃おばあちゃんいる？　帰る前に電話した時出なかったから」

「ああ。今しがた帰ってきて部屋にいる」

楠は縁側の奥にある、和室を見やった。私は玄関に入ると縁側を通り抜け、襖(ふすま)を開ける。

「おばあちゃん、ただいま」

今年九十歳になる曾祖母は耳が遠いので、できるだけはっきりと聞き取りやすいように話しかける。

吉乃おばあちゃんはゆっくりこちらを向くと、深くきざまれた皺に挟まれた目をさらに細めた。

「咲ちゃんおかえりなさい。学校は楽しかった？」

「うん。いつも通りかな」

「そう。ああ、お饅頭買っておいたの。咲ちゃんの好きな桔梗屋さんの」

「ありがとう。あとで食べるね」

いつもおばあちゃんはおやつを準備して、私の帰りを待ってくれている。ひ孫である私は既に成人を迎えているんだけど、きっと彼女にとってはいつまでも可愛いひ孫なんだろう。

九十歳になるとはいえ足腰はしっかりしているし、今でも社の掃除や庭の手入れは欠かさない。上品で優しい吉乃おばあちゃんのことが、私は小さいときから大好きだ。

曾祖母の部屋をあとにし、居間のテーブルに置かれた紫色の箱を開けた。中には桔梗の焼き印が押されたお饅頭が六個、きちんと並んでいる。

一つ手に取って縁側に戻ると楠の隣へ腰を下ろした。楠も心得たもので、余計な会話は挟まず単刀直入に訊いてくる。

「今日は何だ」

私は白木蓮からの依頼を話した。楠に話してよいものか一瞬迷ったけれど、人探しをするのに守秘義務とか言っていられないし、何よりこの件は時間が差し迫っている。

白木蓮の満開期間は短く、三日ほどで終わってしまうからだ。

「――成程。あの白木蓮がな」

話を聞き終えた楠は、少し意外そうにつぶやいた。

「白木蓮は昨日満開になったって言ったから、残された時間はあと二日。その間に見つけるなんて、全然自信ないし……がっかりさせそうで怖いんだよね」

「なら今からでも断るしかないな」

あっさりと言い切る楠に、思わずムキになる。

「無理だよ。あんな顔した白木蓮を放っておけるわけないし」

「……まったく、咲はいつもそうだ。お人好しとお節介はほどほどにしておけと、忠告したはずだが」

「そんなことは――」

わかっている。

心の奥でくすぶり続けている傷が痛んだ。

あの時も自分の気持ちをぶつけていれば、苦しい思いを引きずらなくて済んだだろう。

今だって失った自信を取り戻そうとして、誰かの役に立とうとしているだけなのかもしれない。けれど。

「もういい。一度引き受けた以上、やるしかないもの。ここで楠の説教を受けてる時間がもったいない」

私は半ば意地になって言い放つと、〝きよか〟を探す方法を考えはじめた。

目の前の課題に取り組んでさえいれば、心の傷を見ずに済む。そんな本音を気づかれなくて、楠の視線から逃れるようにスマホを覗き込んだ。

白木蓮が直に見ているのだから、当然少女もあの庭園――弦月園に来たことがあるはずだ。ならあの場所を管理する人や、周辺の住民が覚えている可能性はないだろうか。

私は居ても立っても居られず、弦月園へ向かうことにした。

吉乃おばあちゃんに出かける旨を伝え、玄関を出る前にふときびすを返し自室に戻る。

「今日はこれつけていこっと」

お守りがわりのペンダント。この家に戻ってきたときに、吉乃おばあちゃんがくれたものだ。

ペンダントトップには透かし彫りの花と雫形のチャームがついていて、どちらも木でできている。これを身に着けていると、不思議と気持ちが落ち着くのだ。

白木蓮が植えられている弦月園は、昔中国から来た貿易商の邸宅だったそうだ。

当時の建物は無くなってしまったけれど、四季折々の花木が美しい庭園は保存され、今ではこの町に住む人たちが憩う場となっている。

白木蓮から聞いた話によると、当時の主は彼をわざわざ祖国から運び、この庭に移植したらしい。主の一家が祖国に引き上げたあとも白木蓮はこの地に残り、今年も満開の花を咲かせている。

庭園に足を踏み入れると、入口近くに咲いている蠟梅（ろうばい）の甘い香りがした。白木蓮はもっと奥、反対側の入口に近い場所に立っている。

「……というか、なんでついてきてるの」

いつの間にか隣にいる楠を、横目でにらんだ。

「ああ。いわゆる野次馬根性というやつだ」

まったく悪びれない様子に文句を言う気にもなれず、黙って歩を進める。

楠はこうやって気まぐれに、私の出先に付いてくる。彼いわく「社会勉強」らしいけど、どう見ても暇つぶしとしか思えない。

ちなみに木精は白木蓮が言っていた通り、本来は宿木から離れることはできない。

でもなぜか楠だけは、例外なのだ。その理由を本人に尋ねても「俺は特別だからな」としか答えない。

まあ私自身も木精が視える特異体質なのだから、楠もそういう世界での「特異」なのかもしれないけれど。

■

結論から言うと、〝きよか〟の手がかりが見つかったのは、翌日になってからだった。

きっかけは庭園近辺に住んでいる人が、たまたま彼女と一緒にいる〝ルウ〟を記憶していたこと。犬の方を覚えていた理由を知ったとき、私は白木蓮のことがますますわからなくなっていた。

「……どう思う？　楠」

楠は大して悩むふうもなく、静かに言った。

「白木蓮もわかっていると思う」

「でも、それならどうして……」

「さあな。ここで俺たちがあれこれ言っても仕方ない。あいつが望むとおりにしてやればいいさ」

そう言い切られると、反論の余地はなかった。結局のところ、白木蓮が何を考えているのか私たちにはわからない。

私はとりあえず〝きよか〟に会ってみることにした。いくら白木蓮が連れてきてほしいと言っても、彼女が嫌だと言えばそれまでだ。

いきなり現れた私の話なんて、信じてくれるだろうか。普通に考えて、怪しい人にしか思われない気がする……けど。

もう時間がない。白木蓮の満開はたぶん、今日が最後だから。

〝きよか〟の住んでいる場所はわからなかったけれど、通っている学校は見当がついていた。

下校時間に間に合えば会えるかもしれない。私はスマホで場所を調べてバスに乗り込むと、目的地へ急いだ。

焦る気持ちを落ち着かせるために、そっとペンダントを握る。

「間に合うといいけど……」

「こればかりは運に任せるしかないな」

ただ、と楠は濃緑の瞳（ひとみ）をこちらに向けた。

「咲はこの二日間、最善を尽くした。俺が言うのだから、間違いない」

慰めているのか何なのかわからず、思わず苦笑してしまう。でも妙に自信たっぷりな楠を見ていると、なんだか安心するから不思議だ。

三十分ほどバスに揺られたあと、スマホの地図を頼りにしながら目指す学校にたどり着いた。正門に回って中を覗き込むと、ちょうど生徒たちが出てくるところだった。

「よかった、間に合った」

迎えの車に乗る生徒、自分でバス停まで向かう生徒を見送りながら〝きよか〟を探す。けれどいくら待っても、それらしき少女は見当たらない。私は思い切って女生徒の一人を呼び止めた。

「すみません、この学校に〝きよか〟さんはいますか？　ルウという黒い犬を連れてるんだけど……」

警戒されないよう彼女の知り合いだと伝えると、女生徒は快く応えてくれた。

「きよかちゃんなら、しばらく休んでますよ」

「えっ……風邪でも引いたの？」

私の問いに彼女は少し困った表情になった。

「えっと……聞いてませんか。ルウが死んじゃって……きよかちゃんずっとふさぎこんでて」

犬が死んだという事実は、私の中に衝撃をもたらした。色々なことが頭をめぐり、うまく言葉が出てこない。

「そうだったんだ……私、何も知らなくて」

「散歩中の事故だって聞いて、私もショックでした。きよかちゃん、ルウのことほんとに大事にしてたから……」

悲しげにそう言って、彼女はバスの時間だからと去っていった。その背を見送りながら、途方に暮れる。

想像もしていなかった事実。

そしてここから先どうやって〝きよか〟を探せばいいのか、もし見つかったとしても、どうすべきなのかがわからない。

「せめてきよかさんのフルネーム聞いておけばよかった……」

とはいえ彼女の知り合いだと嘘をついた以上、家や名前を尋ねられるはずもなかった。

「状況は芳しくないな。諦めるか？」

楠の問いに、私は少し考えてからかぶりを振った。

「ここまで来て諦めたくない。きよかさんのことが心配だし……」

「心配といっても、会ったこともないんだろう」

「そうだけど……。このまま放っておいたら、私たぶん後悔する」

顔すら知らない少女のことを想う。

昔から私は人より感受性が強いところがあり、特に誰かの痛みを自分の痛みのように感じてしまうことがある。小さいころはテレビで誰かが苦しんだり、怯えたりするシーンを見るたびに、泣きわめいていたそうだ。

今もルゥを喪った少女の痛みを想像するだけで、いてもたってもいられなくなってしまう。自分でも馬鹿だって思うけど、知ってしまった以上、見て見ぬふりできないんだから仕方ない。

そんな私の性格をよく知っている楠は微かにため息をついたあと、やれやれと笑った。

「お前は本当に厄介な気質だ。だがまあ、それが美点でもあるのだろうな」

そう言ってゆっくりと周囲を見渡し、濃緑の瞳を校庭に向ける。私は他に誰か話を聞ける人がいないか、思案をめぐらせていた。

「もう生徒はほとんど帰っちゃってるし……」

教師に聞いたところで、今のご時世、生徒の個人情報を教えてくれるはずもない。

「〝彼女〟はどうだ」

楠は校庭奥にある大きな欅を指した。根元に腰かける妙齢の女性に気づき、はっとなる。

「そっか。木精に聞くっていう選択肢を忘れてた」

彼らは、特別な場所に立っている木に宿ることが多い。

鎮守の森がある神社やお寺ではよく見かけるし、学校にも結構な確率でいたりする。

　学校にいる木精は子供好きが多いので、きよかさんを知っているかもしれない。

　近づいてみると、槻は結構な大木であることがわかった。年輪を重ねた太い幹や枝ぶりを見るかぎり、樹齢百年を超えていてもおかしくない。

　根元に腰かけた槻の精（やっぱり美人）は、ほんのりと微笑をたずさえて校舎を眺めている。えんじに藍色（あいいろ）の縞柄（しまがら）が入った着物姿は大正ロマンという表現がぴったりで、思わず見とれてしまう。

「あの、すみません。ちょっといいですか？」

　私の呼びかけに、彼女はゆるりと視線をよこした。

「あらあなた、私のことが視（み）えるのね」

「はい。えっと……あんまり驚かないんですね」

　槻はそうねえと頷（うなず）きながら、口元をほころばせた。優雅な微笑（ほほえ）みって、たぶんこういうのを言うんだろう。

「時々いるのよ、あなたみたいな子が。といっても、ここでは〝感じる〟といった方が近いのでしょうけれど」

　長く生きていると、そういう出会いもあるのだという。私自身はまだ、自分以外に視える人と会ったことはないけれど。

「それで、ご用はなにかしら」

私はきよかさんのことを彼女に尋ねてみた。

「雪村さんでしょう？　黒い犬を連れたお嬢さんよね。確か名前はルゥだったかしら」

「その子です！　フルネームは〝雪村白香〟さんっていうんですね」

「白い香りと書いて、きよかと読むの。ふふ、素敵でしょう？　名前の通り、透き通るような白い肌の可愛らしい子よ」

槻はまるで自分の子供のことを話すように、どこか誇らしげだ。

この学校のシンボルツリーである彼女にとって、生徒はみな我が子のように見えるのかもしれない。

「その……知ってますか？　最近ルゥが亡くなって、白香さんずっとふさぎ込んでいるって……」

「まあ、そうだったの……。ここ数日姿を見ないから、気になってはいたのだけれど」

すっと眉を曇らせた槻は、とび色の瞳に憂いを宿した。こんな表情を彼女にさせてしまったことを申し訳なく感じつつ、思い切って尋ねてみる。

「白香さんの居場所を知りませんか。どうしても彼女に会いたいんです」

もうここでダメなら諦めるしかない。それくらいのつもりで頼み込むと、槻はあらあらと瞳を瞬かせた。

「居場所と言っても、私はずっとここにいるから……」

頬に指先を当てたまま、記憶をたどるように視線を馳せる。

「そういえば……私の木陰で休んでいたとき、あの子言っていたわ。ルウといつもいく公園には、ちょっと変わった噴水があるんですって。時間に合わせて音楽が流れるそうよ」

「それならわかる。一宮町の噴水時計のことよ！」

「噴水時計……ああ、満天星殿がいるところか」

楠の言葉に大きくうなずくと、槻に礼を言ってその場を後にすることにした。

「あ……そうだ。最後に一つだけ聞いてもいいですか」

「なあに？」

「私のこと怪しんだり、疑ったりしないんですね。ちょっと意外で」

槻はにっこりと微笑んだ。

「私たちのことが視える子に悪いひとはいないもの」

槻と別れたあと、私たちは大急ぎで噴水時計のある公園に向かった。入口近くのベンチに腰掛ける深紅の髪をした女性に声をかける。

「こんにちは、満天星。ちょっと聞きたいことがあるんだけどいい？」

「ああ、おぬしか。何事だ？」

「ここに黒い大きな犬を連れた女の子がよく来てたと思うんだけど、知ってる？　雪村白香さんっていうの」

いきなりまくしたてる私に彼女は面食らっている様子だったけれど、すぐに頷き返した。

「その女子なら毎日のように来ておる。ここへ来るのが日課なのだろう」

「ほんと？　今日も来た？」

「いや。そういえばここ数日、姿を見せておらぬな」

「そっか……やっぱりルウがいなくなったから、外出してないんだ」

私はがっくりとベンチに座り込む。今日もここに来るのなら、会えるかもしれないと期待したけれど。

よく考えたら、学校にも来られないくらいふさぎこんでいるのに、公園に来るはずもない。

おそらく白香さんはこの公園から近い場所に住んでいるんだろう。でも彼女の自宅を調べる手立てが私には思い浮かばなかったし、なによりもう時間がなかった。

「でも……ぎりぎりまで諦めたくない」

私はもう一度学校に戻るべきか、ここで聞き込みをするべきか、はたまた他に別の方法を考えるべきか思案していた。

この二日、大学の授業をさぼってまで探し続けたのだ。ここまで来たらもはや意地だ。

考え込む私の耳に、楠の声が聞こえてくる。

「おい」

「ごめん、今ちょっと考え事してるから」

「来たぞ」

「なにが?」

「おぬしの待ち人だ」

満天星の言葉にはっと顔を上げると、公園の入口に杖を手にした少女が立っていた。

肩まで伸びたまっすぐな黒髪、ほっそりとした手足に、透き通るように白い肌。

「雪村白香さん?」

思わず声をかけると、彼女はびくりと一瞬身体をこわばらせた。

「はい、そうですけど……どなたですか?」

その声に警戒の色が含まれているのがわかった。私はできるだけ彼女を怖がらせないよう、丁寧に話す。

「私、東平咲って言います。あなたを探していたの」

「私を……?」

「信じてもらえないかもしれないけど……弦月園の白木蓮があなたを呼んでる。満開が終わるまでに会いに来てほしいって」

「えっ……」

白香さんは驚いたように黙り込んだ。私は彼女に近づくと、そっと手に触れ、言葉を選びながら伝える。

「突然こんなこと言われても困るよね。そういう気になれなければ、無理しなくて大丈夫。でももし白香さんが、白木蓮に会いたいと思うなら――」

「連れて行ってもらえますか」

迷いのない即答に、私は彼女の顔を見つめた。

「……本当にいいの？　私を信じてくれるの？」

「はい」

あまりにはっきりと言い切られたので、それ以上何も言えなかった。私は白香さんの手を取ると、弦月園へ急ぐ。

陽は既に暮れ始めているけれど、今ならまだ間に合うはずだ。

途中奮発してタクシーを拾い、なんとか園までたどり着くことができた。入口近くの蠟梅（ろうばい）を通り過ぎたところで、楠が歩みを止める。

「あれ、楠？」

「俺はここでいい」

「え、でも……」

「いいから、行け。白木蓮が待っている」

楠にうながされ、私はしぶしぶ白香さんと先に向かう。十メートルを超す大木は、遠目でもはっきりわかるほど純白の満開を保っていた。

「白木蓮、白香さんを連れてきたよ」

瑠璃の瞳がこちらを向くと同時、ふっと何かがゆるんだ。

「ああ——間に合いましたか」

私は白香さんの手を引きながら、ゆっくりと木に近づいていく。その様子を見守っていた白木蓮が、おやといった表情になった。

「ルウは不慮の事故で亡くなったんだって」

その言葉ですべてを察したのだろう、彼のまなざしが曇った。私は白香さんを花がよく見える位置に連れていき、頭上を見あげる。

「白木蓮は今、枝いっぱいに満開の花を咲かせているの」

「はい、わかります」

「その——見えなくても？」

そう、白香さんは言葉通り白木蓮のことが見えない。

近所の人がルウを覚えていたのは、盲導犬が田舎ではまだまだ珍しいから。私が彼女の通う学校に見当がついたのは、視覚障害者特別支援学校はこの近辺に一校しかないからだ。

目の見えない彼女のことを白木蓮がなぜ連れてきてほしいと言ったのか、ずっとわからなかったけれど。

「なんとなく、感じるんです。うまく説明できないんですけど……空気が違うというか」

白香さんは白木蓮の声が聞こえていないようだから、私のように木精そのものを視ているわけではないはずだ。でももしかすると、白木蓮がまとう空気や香りの微妙な違いを感じ取っているのかもしれない。

彼女はゆっくりと白木蓮に近づき、樹の幹に触れ、安心したように吐息を漏らした。

「遅くなってごめんなさい。間に合ってよかった」

そう呟く彼女に白木蓮はほんの少し微笑してから、手を伸ばした。白く細い指先が少女の頬に触れたように見えたとき、純白の花弁がひらりと落ちてくる。

ビロードのような花びらをそっと撫で、白香さんは微笑んだ。

「綺麗……それになんだか、温かい」

そのとき、彼女の瞳から涙がこぼれた。雫は頬を伝い落ち、花弁の上をすべっていく。

それを見て私は不謹慎にも、綺麗だと思ってしまった。

静かに泣き続ける白香さんの傍に寄り添いながら、白木蓮の様子を窺う。

気高い美しさをまとう木精は、何も言わずただじっと、瑠璃の瞳で少女を見つめていた。

「白香さん大丈夫？」

「すみません……花に触れたら、急にルウのことを思い出してしまって」

「ううん……なんだかわかる気がする」

純白の花と漆黒の犬。

そのどちらにもあったのは、きっと白香さんへの想いにほかならない。それくらいは私にだってわかる。

「三年前にルウが来てから、私はたくさんの場所へ行けるようになりました。以前は一人で出かけるのが怖かったけど、あの子と一緒ならどこにでも行けるような気がして……。この庭園にも、二人で来てたんです」

「そっか……じゃあ今年もルウと来るつもりだったんだね」

白香さんはうなずくと、目元をぬぐった。

「あの子が急にいなくなって、私の世界は閉ざされてしまったように感じて……」

あまりに突然の別れを受け入れられず、ずっと家から出られなかったと彼女は言った。

無理もない、と私は思う。

自身の目となり心の支えとなっていた存在を亡くしたとき、どれほどの喪失感が彼女を襲っただろう。学校でルウの死を知ったとき、私は白香さんの心身が今どんな状態にあるのか心配でならなかった。

「そういえば、今日噴水時計の公園に来たのはどうして？」

「なんとなく、呼ばれた気がしたんです。そしたら東平さんと出会って……ルウが導いてくれたのかも」

「そっか……でも、私の話よく信じてくれたよね。怪しいと思われても仕方ないって思ってたのに」

「私、約束してましたから。花が咲くころに、また会いに来るって」

「約束って……白木蓮と？」

白香さんはうなずいたあと、はにかむような表情を浮かべた。

「といっても、私が一方的に伝えただけなんですけど。もしかしたら東平さんが私の話をたまたま聞いていて、声をかけてくれたのかなって」

なるほど、そういうことだったのか。あんな突拍子もない話を信じてくれたのには、ちゃんと理由があったのだ。

「あ……でも、東平さん今初めて聞いたって感じですよね。私が勘違いしてたんならごめんなさい」

「あ、ううん！　そんなことない。心配して会いに行ったのは本当のことだから。余計なお節介だったかもしれないけど……」

白香さんはふるふるとかぶりを振った。

「白木蓮が会いに来てほしいって言ってくれて、嬉しかったです」

「うん。それも本当のこと。私にはわかるから」

あえて自信たっぷりに伝えてみたところ、彼女はふふっと笑って頷いた。

「東平さんって素敵な方ですね」

私はまたもや不謹慎にも、白香さんが私の顔を見られなくてよかったと思ってしまった。きっと今の私は、ちょっと泣きそうになっているに違いないから。


その後、私と白香さんは満開の花の下で、いろいろなことを話した。ルウのこと、学校のこと、友達や家族のこと。

その間白木蓮は何かを言うわけでもなく、ただ私たちの話に耳を傾けるだけだった。吸い込まれそうな瑠璃の瞳で、白香さんを静かに見つめて――

「そういえば、弦月園にはいつ頃から来ていたの？」

「去年初めてルウと一緒に来ました。ここにとても綺麗な白木蓮があると聞いて」

そう言って彼女は花を見るように顔を上げた。

「私が生まれたとき、白木蓮がちょうど満開だったらしいんです」

「あ、じゃあもしかして〝白香〟っていう名前もそこから？」

「はい。だから私にとって白木蓮はちょっと特別な花で……特にこの庭園にある木は他とは少し違うように思えるんです」

違う、という言葉に私はどきりとした。やっぱり白香さんは木精の存在に気づいているんだろうか。

彼女は光を映さない瞳で、白木蓮を見つめていた。まるで綺麗なものを留めおこうとするように、澄んだまなざしは揺るがない。

「この木からは孤独を感じるんです。でもそれと同じくらい、温かさも感じるの」

その言葉を聞いた刹那(せつな)、白木蓮の瞳がわずかに見開かれた。

何か言いたげに口を開いたけれど、結局は何も言わず静かな微笑をたたえるだけで。

別れ際、白香さんは白木蓮を見あげて言った。

「また来年、会いに来るね」

「——ええ。待っています」

結局、白木蓮が彼女にかけた言葉はこれだけだった。でもこのひと言に、すべてが集約されている気がした。


白香さんを家に送り届けた私は、再び弦月園へやってきていた。白木蓮と話をしておきたかったし、何より私自身がもう一度、彼の満開を見ておきたかったから。

園内に入ったときにはすっかり日が暮れ、下弦の月が宵闇の空ににじんでいた。月明かりと庭園灯にやわらかく照らされた白木蓮は、その白さをいっそう際立たせている。

「君には礼を言わねばなりませんね」

そう言って目礼する白木蓮はやっぱり王様気質だなと思うけど、不思議と腹は立たなかった。むしろ彼が深々と頭（こうべ）を垂れる姿なんて、ちょっと想像できない。

私は白香さんを見つけるまでの経緯を、簡単に話して聞かせた。

「ほんと、もうダメかと思ったんだけどね……なんとかなってよかった。白香さんも喜んでくれたみたいだし」

私の話に耳を傾ける白木蓮は、相変わらず透き通るような高潔に満ちていた。

彼のまなざしはいつだって、天に向かって咲く花のようにどこか遠くを見ている。その孤高ともいえる姿を見ていると、聞かずにはいられなかった。

「ねえ、白木蓮。白香さんが言ってたことなんだけど……あなたは孤独なの？」

彼は少しの間沈黙していたけれど、やがてひとり言のように口を開いた。

「私がここに来ることになったいきさつは、以前話しましたね」

「庭園の主に連れてこられたんだよね。わざわざ海を越えて連れてくるなんて、よっぽど白木蓮のことが気に入ってたんだなって思ったけど」

白木蓮は微（かす）かにうなずくと、こちらを見やった。

「私は主の娘が生まれた日に植えられました。人の世界でいう記念樹というものでしょう。

娘は白く香る花のようにと願い、白香(パイシャン)と名づけられました」

「えっ……じゃあ、白香さんと同じってこと？」

白木蓮が最も美しく咲く季節に生まれた少女。彼は懐かしそうな気配を、目元にほんの少しにじませた。

「美しい娘でした」

花を咲かせるたびに娘は成長し、十数年が過ぎた。その頃主が急な病で亡くなり、一家は祖国に帰ることになったそうだ。

しかしその時点で既に大木へと成長していた白木蓮を連れて帰ることはできなかった。

別れ際、娘は言った。

——いつかまた、会いに来るわ

「その言葉を最後に、彼女には会っていません」

「……白木蓮は今でも、その人のこと待ってるんだ」

「あれから随分月日が経(た)ちました。彼女も生きてはいないでしょう」

「でも……でも……あなたは今でもこんなに綺麗じゃない」

泣きそうになる私に白木蓮は何も言わず、ただ微笑(ほほえ)むだけだった。その孤高ともいえる秀麗なまなざしがずっと何を見ていたのか、やっと気づいた。

ひとり残された白木蓮は娘が会いに来る日のために、花を咲かせ続けたのだろう。毎年、毎年、一年かけて満たした命の雫を解き放つように、枝いっぱいに咲き誇らせて。

そうして長い月日が経ち、彼は自分が何のために花を咲かせるのか、わからなくなっていたそうだ。

それでも春になれば眠りから覚めるように、天に向かって花弁を開く。まるで誰かを待つように。どこにいても気づいてもらえるように――

「私、白木蓮がどうして白香さんを探してまで連れてきてほしいと言ったのか、ずっと理解できなかった。でも今は、わかる気がするよ」

もう何度目かわからない春を迎えたとき、ひとりの少女が白木蓮のもとを訪れた。黒い犬に導かれてくる少女は、目が見えないようだった。

少女の名が白香だと知った時、白木蓮はもう顔もおぼろげなあの娘のことを思い出したそうだ。

「彼女はあの娘と同じように言いました。また会いに来ると」

白木蓮が最も美しく咲く季節に生まれた少女。

彼女が望むのなら、もう一度誰かのために花を咲かせてみるのもいいかもしれない。

純白の花で空を埋め尽くし、見る者すべてがしばし立ち尽くすほどに、咲き誇らせてみせよう――

「でも今年の春、白香さんは現れなかった……」

来られない用事があるのかもしれないし、単に忘れている可能性だって十分にある。

自分は木精だ。人の世界に干渉するつもりはない。

けれどもし、彼女が満開を知らないでいるのなら。

今年も私を見たいと、今なお待ち続けているのなら――

「いえ――違いますね。待てなかったのは私の方です」

そう言って、白木蓮は微苦笑を浮かべた。

また会いに来ると、少女は言った。あの時と同じように待つことだけが、自分にできる唯一のことだったはずなのに。

「あの日君が現れてしまいましたから」

精霊と人を繋ぐことができる存在。〝可能性〟が目の前に現れたことで、自分の中の何かが外れてしまった。

気がつけば少女を探すことを依頼していたし、再会を切望する己の欲を躊躇なく受け入れていた。

そう、自分はもう——待ち続けることに飽きたのだ。

「人の世界に干渉した私を笑いますか」

「笑わないよ。笑うわけないじゃない。自分の気持ちに正直になって何が悪いの」

即答した私を見て、白木蓮は少し困ったように微笑んだ。

どうしてそんな顔をするのかわからなかったけれど、彼はそれ以上何も言わなかったので、私も何も聞かないことにした。

ひらりと、真っ白な花弁が落ちてきた。

もうすぐ色褪せ始める花々を、私はそっと見上げる。

宵闇の中でさえ、白木蓮は美しかった。

綺麗で、綺麗で、私はちょっと泣けてきた。

弦月園の入口まで戻ってくると、楠がどこからか現れた。彼の青緑がかった黒髪が月明かりを淡く反射している。

「無事、済んだようだな」

「うん。楠も付き合ってくれてありがとう」

「俺は何もしちゃいない。咲の執念勝ちってところだ」

「執念って言い方はどうかと思うけど。せめて粘り勝ちくらいにしといてよ」

笑いながらそう言うと、楠もそうだな、と笑ってみせた。

「白香さん、来年も来るよね」

ひとり言のような私の呟きに、返事はなかった。けれど楠の表情は穏やかだったし、私もきっと同じような顔をしているんだろう。

「ねえ、楠。白木蓮は白香さんに——ううん、なんでもない」

「なんだ、思わせぶりだな」

「いいの。それより早く帰らないと、吉乃おばあちゃんが心配する」

帰ったらおばあちゃんと桔梗屋のお饅頭を食べよう。

ちょっと硬くなっているかもしれないけれど、レンジで温めればきっと大丈夫。

早春の夜風はまだまだ冷えるけれど、私の心にはほんのりと明かりが灯りはじめていた。

第二章

槐——エンジュ——「幸福」

君は今も悔やんでいるのだろう
その必要はないと、幾度も告げたにもかかわらず夏盛り。

「今日も暑くなりそう……」

もくもくと湧き上がる入道雲を眺め、私は日課である庭の水やりにいそしんでいた。

この時期は早朝と夕方の二回水やりが必要で、朝を私、夕方を吉乃おばあちゃんが担当している。

にゃあという声に振り向くと、雄の茶トラ猫が垣根の隙間から入ってくるところだった。

「ふく。おはよう」

私の呼びかけにふくはもう一度にゃあ、と応える。琥珀色の瞳の中にある瞳孔は、陽ざしを浴びてまるで線のように細くなっている。

ちなみにふくという名前はふっくらした見た目から私がそう呼んでいるだけで、本当の名前は知らない。

というよりふくはいつも神出鬼没で、どこに住んでいるのかすらはっきりしない。裏山付近でよく見かけるので、たぶんこの近辺で生活しているのだろうけど。

ムクゲの生け垣を飛び越えるふくの背を見送りながら、私は時計を確認した。

そろそろバイトに出かける時間だ。今は大学が夏休みなので、朝から出勤することが増えている。

残りの水やりを手早くすませ、身支度を整えると台所をのぞく。中では吉乃おばあちゃんが水ナスの浅漬けを作っていた。

「私そろそろ行くね」

「はい、いってらっしゃい」

縁側でごろ寝している楠に手を振り、自転車にまたがった。田舎の大学生の移動手段といえば原付が多いけれど、私はもっぱら自転車を使っている。

免許を取るのが面倒で先延ばしになっているのと、風に混じるいろんな匂いを感じながら走るのが結構好きだからだ。

とはいえ、夏の自転車はなかなかきつい。ふうふうと言いながらゆるい上り坂を走っていると、ほのかに甘い香りが通り過ぎていった。

「この香りは……」

自転車を停め、遊歩道の先にある人気のない広場に入った。普段あまり使われていないのだろう、さまざまな野草が生い茂る先に、十メートルを超す大木が立っている。

青々とした細長い卵形の葉、その合間に蝶のような形をしたクリーム色の花が枝いっぱいに咲いていた。

「やあ、久しぶりだね」

声のしたほうを見あげると、一番大きな枝に腰かける少年が猫のような瞳を細めた。

見た目の年齢は十二歳前後といったところだろうか。ふわふわした銀髪はほんの少し黄色がかっていて、夏の陽ざしの下でいっそう輝いて見える。

「おはよう、槐。今年も綺麗に咲いたんだね」

「まあ僕の花なんて地味だし、わざわざ見に来るなんて咲くらいのものだけどね」

「地味かなあ。私は控えめで上品だと思うけど」

「見解の相違ってやつさ。万事は見る者によってその表情や価値を変えるってね」

そう言って微笑む槐の表情は、外見にそぐわない妖艶さをまとっている。まあ見た目が子供といっても、すでに二百年近く生きているそうだし、木精は外見と中身が一致していないことも多いので、つい惑わされてしまうけれど。

「そんなこと言わないの。あなたは『尊い木』なんだから」

槐は古くから中国で尊貴の木と言われ、学問と権威のシンボルとなっているそうだ。別名である『玉樹』とは美しい木という意味だ。

日本でも昔から「延寿」とか「縁授」という字を当て、縁起の良い木として大切にされてきたらしい。

ちなみに私がなぜそんなことを知っているかというと、槐から聞いたわけではなく、私の師匠である『先生』に教えてもらったのだ。

「人間って不思議だよね。僕らに勝手に名前をつけて、勝手に有難がってるんだから。僕らにしてみれば、滑稽な話だよ」

「またそんな可愛くないことを……あっもうこんな時間だ。ごめん、バイトに遅れるからいくね」

槐はそっけなく「じゃあね」と告げた。でもその猫のような瞳に一瞬、寂し気な色がうつるのを私は知っている。

「また夕方寄るから」

「好きにすればいいんじゃない。まあ、もし来るなら面白い話をしてあげるよ」

この可愛げのないところも含めて、私は槐のことを結構気に入っている。

彼はよく喋る。おそらく人と話すのが好きなのだろう。だから花の季節以外にもときどきここに来ては、ひとときのお喋りを楽しむのだ。

槐と別れ、私はバイト先へ急いだ。

『喜多川植物園』と看板がかかった建物の前で自転車を停め、軽く伸びをする。入口のガラス扉を開けると、袴姿の『先生』がラジオ体操をしていた。

「おはようございます」

「おはよう御座います、東平さん。今朝も早いですねえ」

「昨日戻ってきたソヨゴの調子が悪そうだったから気になって……」

「ええ。養生させて様子を見ていますが、あのくらいなら大丈夫でしょう。強い木ですから」

「よかった……」

胸をなでおろす私を見て、先生はにかっと顔いっぱいに笑い皺(じわ)をつくった。

「さあ、今日も暑くなりそうですよ」

喜多川植物園は園長である喜多川宗一(そういち)が、趣味と研究を兼ねて建てた施設だ。彼は樹木医の資格を持ち、植物の研究者としても知られていて、皆から「先生」と呼ばれている。植物に敬意を払う先生は、いつも正装である袴姿で花木と接していて、初めて見た人はその姿に驚いてしまうのだけれど。

植物園はさまざまな花木を育てる傍ら、オフィスや店舗向けの植物リースも行っている。私の仕事は植物たちの世話に加え、取引先への配達やリースしている植物のメンテナンスを手伝うこともある。

大きな鉢は重いしなかなかの重労働だけれど、もともと植物が好きなこともあって、この仕事は性に合っていた。

「そうそう。今朝湊町(みなとまち)にある広場の槐が満開になってました」

「ああ、あそこの槐は立派ですよねえ。私が子供のころには既に大木になっていましたから」

先生の年齢ははっきり知らないけれど、たぶん七十歳は超えているはずだ。槐自身も二百年近く生きていると言っていたし、当時すでに大木になっていたのは当然だろう。

「でもなんであんなに寂れた広場に植えられているんだろう……もったいない気がします」

「ああ、あそこは学校があったんですよ」

「えっそうなんですか？」

「随分前に市内の小さな学校をいくつか統合しましてね。そのときにあそこにあった学校もなくなったのです。歴史ある学校だったので残念でしたが」

「そうだったんですか……全然知りませんでした」

統廃合の話を聞いたことがあった気もするけれど、自分が出ていない小学校の場所まで把握していなかった。この町で子ども時代を過ごしたはずなのに、思った以上に知らないことが多くて戸惑ってしまう。

そう零すと、先生はにこにこと頷いた。

「子どもの頃は、自分の手が届く範囲しか認識できないものです。だからこそ、見えるものもありますし」

閉校後、老朽化が進んでいた校舎は取り壊され、グラウンドだけはそのまま残されたらしい。

「槐は学問のシンボルであり、幸福の木でもありますからね。当時は学校のシンボルツリーとして植えられていたのでしょう」

昔は子供たちでにぎわっていた場所だった……そう思うと、今の寂れた環境が切なく思えた。なぜ槐が子供の姿をしているのか、分かった気がしたから。

私はガーデニングエプロンを身に着け、施設の奥に広がる先生自慢の庭園へ向かう。

この国の環境に適した植物で構成された庭園内では、様々な植物がのびのび育っている。今の時期は紫陽花(あじさい)が終わり、桔梗(ききょう)や百日紅(さるすべり)などの夏の花がこの暑さにも負けず咲き始めていた。

星形に開いた桔梗の花弁を眺めながら剪定(せんてい)していると、バイトの先輩に呼ばれた。

「ユース不動産さんから連絡があって、入口にあるモンステラの調子が悪いそうなの。私は配達があって行けないから、東平さん見てきてもらってもいい？」

「わかりました。丸吉(まるよし)ビルでしたよね」

私はスマホで場所を確認してから、取引先へ自転車を走らせた。

途中、買い物を頼まれていたホームセンターに足を踏み入れた直後、見慣れた人影に思わず足を止める。

「あれ、東平さん」

「笹森(ささもり)君……」

こちらを向く人懐こそうな笑顔に、胸の奥が締めつけられた。

「偶然だね。バイトの途中？」

「……うんまあ、そんなところ。えっと……美波は一緒じゃないの？」

「ああうん。あいつ今実習で忙しいからさ」

「そっか。じゃあちょっと急いでるからまた」

笹森君は何か言おうとしていたけれど、気づかないふりをしてその場を去った。

あの日から半年以上経つというのに、私はまだ彼のことをまともに見ることができない。

彼――笹森創太とは同じ大学で知り合った。

入学した頃、人見知りでなかなか輪に入っていけない私に声をかけてくれたのが、笹森君と親友である銅本美波だった。

美波は常に陽の光を向く向日葵のように、明るくバイタリティに溢れている。

人は人、自分は自分、というスタンスを貫く彼女が誰かの悪口を言っているところを見たことがないし、常に自分の好奇心を満たすために何かに夢中になっている姿は、眩しいくらいで。

笹森君はタンポポの綿毛のように、いつもにこにこと人懐こい。

誰に対しても優しく、誰のことも否定しない。

だからといって自分を持っていないわけではなく、タンポポが地中深くに根を張るように、彼の中にはブレない軸のようなものが通っていた。

自分の世界に閉じこもりがちだった私が、外に目を向けられるようになったのも二人がいてくれたから。

私は美波のことが大好きだし、笹森君のことも好きだった——ひとりの男性として。

だから二人が付き合いだしたと報告されたとき、自分の感情が飛散し、あまりのスピードで入れ替わっていくのをただ見ているしかなかった。

その時どういう言葉を返したのか、どんな顔をしていたのか、今はもう思い出せない。

ただただ、自分の傷に気づかれないよう、祝福の言葉で満たしていたのだけは覚えているけれど。

あの日、私は恋と友情を同時に失った。

半年以上経った今も、三人での集まりは何かと用事を言い訳に断っている。二人からの誘いを断るために、夏休みもバイト三昧(ざんまい)にしたようなものだ。

そんな私の態度に察するものがあったのだろう。最近ではそういう連絡もめったに来なくなっていたし、そのことにほっとしている自分に嫌気がさしてもいる。

笹森君と別れた私は取引先に向かい、植物園に戻ったあとは黙々と作業をこなした。

気分は晴れなかったけれど、仕事に没頭している間は嫌な感情を忘れられるから。

その日の仕事を終え、約束通り私は槐の元へ向かった。人気のないグラウンドは夕陽(ゆうひ)に染まり、どこかでひぐらしの鳴く声が響いている。

「やあ、本当に来たんだね」

猫のような瞳(ひとみ)が、ほんの少し細められた。薄黄がかった銀髪は、夕陽の色が混じって銅金色に輝いている。

「約束してたもの。それに面白い話も気になるしね」

「ふうん。ま、なんでもいいけど」

私はコンビニで買ってきたレモンサイダーに口をつけながら、槐の根元に腰かけた。

爽(さわ)やかな冷たさが、火照った体をほんの少し落ち着かせてくれる。

「そうそう、今日先生に聞いたの。ここには昔学校が建ってたんだね。歴史のある学校だったとか」

「ああ、そんなこともあったね」

槐はそう呟(つぶや)くと、草だらけのグラウンドに視線を向けた。かつてここを駆けた多くの子供たちが見えているかのように。

「昔は賑(にぎ)やかだったんだ……って思ったら、ちょっと寂しくなっちゃった」

「人の世は移ろいが早い。まあそれが良いところでもあるんだけどね」

茜色に染まった空を少し眩しそうに見つめ、少年は語りだした。

「僕はさ。長い時を生きているからこそ、刹那の夢に憧れるんだ」

「刹那の……夢？」

ほんのりとした甘い香りと共に、枝葉がさわさわと鳴る。

「遠い昔から、僕の下で語り合う子供たちをずっと見てきた。時には切ない時を過ごす少年もいたさ。眩しいくらい夢を描く少女もいたよ。

彼らの煌めくような時間は、ほんの一瞬で過ぎ去り、だからこそ美しいんだ」

そういって微笑を浮かべる槐の瞳には、憧憬の色がはっきりと映し出されていた。

「そうだ。咲に頼みたいことがあるんだ」

「なに？」

「僕の根元にタイムカプセルってのが埋まってるんだ。掘り出してよ」

「えっ……人の物を勝手に掘り出すなんてできないよ。いつか埋めた子が取りに来るんだろうし」

槐はかぶりを振った。

「いいんだ。埋めた人間が掘り出すことはもうないだろうから」

「どうして？」

その問いには答えず、彼は愉快そうに長い袖を振った。
「面白い話をしてあげるんだったね」

――とある木精の話さ

彼は百年以上もの間、学び舎に来る子供たちを見守っていた
あるとき、ひとりの少年から声をかけられた
それはもう、びっくりしたさ
木精が視える人間がいることを、その時まで知らなかったからね
彼はその子供と毎日のように、たくさんのことを語り合った
内容はたわいのないものばかりだったけど、彼には十分だった
人間と話すことができるなんて、夢のようだったから

ある夏の日、少年は木精に言ったんだ
『タイムカプセルを木の根元に埋めよう』って
それがどういうものか木精にはわからなかったけど、面白そうなので承諾した
少年が持ってきた両手に収まるほどの箱を、地中深くに埋めたのさ

「それで……どうなったの？」

「それだけさ。その子供は二度と木精の前に現れなかった」

「どうして……」

「さあね。僕には知る由もない」

何でもないように言い切る槐に、私はなんと言えばいいかわからなかった。

その子供には来られない理由でもあったのだろうか。それにしたって、別れの言葉も告げないまま、二度と現れなかったというのが引っかかる。

白木蓮のときと同じように、遥か遠くに行ってしまったという可能性もあるけれど――

「タイムカプセルってね、埋めてからしばらく経ったあとに掘り返すものなの。だからそのうちまたここに来るかもしれないし」

「しばらくっていってもせいぜい十年、二十年の話だろう？　あれを埋めてからもう五十年以上経ってるからね」

私はまた、返す言葉を失った。

槐の言う通り、確かにタイムカプセルを埋めて五十年も放置するのはおかしい。いずれ掘り出す気があるのなら、もうとっくに来ているはずだ。

埋めた人は、そのことを忘れてしまったのだろうか。それとも――

私は立ち上がると、槐を見あげた。

「……わかった。タイムカプセル掘り出すよ。今は道具がないから、明日また来るね」

「そう。期待しないで待っておくよ」

猫のような瞳には、始まりかけた宵の藍が映り込んでいる。飲み残したレモンサイダーはすっかりぬるくなっていた。


自宅に戻り門扉を開けると、美味しそうな香りが漂ってくる。スパイスや玉ねぎの香ばしい匂い……今日の夕食はどうやらカレーだ。そう思った途端、胃袋が即座に反応してぐうと鳴る。

吉乃おばあちゃんが作るカレーは、玉ねぎがちょっと焦げるくらいまでしっかり炒められている。飴色になった玉ねぎは香ばしさと甘さがギュッと凝縮され、カレーにコクを与えてくれるのだそうだ。

「料理は細かい作業が多いし、時間配分も考えないといけないでしょう？　年寄りの頭の体操にちょうどいいのよ」

そう言いながら作る吉乃おばあちゃんの料理は、控えめに言ってとても美味しい。私もいつか、帰るのを楽しみに思ってもらえるような料理を作るのがささやかな目標だ。

出来たてのカレーとゆで卵入りのポテトサラダをおばあちゃんと食べ、洗い物が終わると縁側へ向かった。

案の定そこには夜風に身をゆだねながら、月を眺める楠の姿がある。

「楠って毎日ここで何しているの？　退屈じゃない？」

「そうでもない。庭の景色は日々変化するし、訪れる者もいるからな」

「そっか。そういうものなんだ」

「人間は自分の足で好きな所に行けるから、不自由を想像するのだろう。だが空を飛ぶ鳥は海を泳ぐ魚に『飛べないのは不自由だ』とは思わない」

言われてみれば、確かにそうかもしれない。

人はついつい自分の生きてきた経験や価値観で、物事を判断しがちだ。木精と話していると、たびたびそのことを思い知らされる。

私は槐とタイムカプセルの一件を、楠に話してみた。彼はいつものごとくやれやれと肩をすくめながら、呆れた視線をよこす。

「また面倒ごとに首を突っ込もうとしているな」

「楠はそればっかり。少しは私のやる気を後押ししようとか思わないの？」

「そんなことは期待できないとわかっていて、俺に話してるんだろう」

「まあ、そうだけど……」

ぶつぶつ文句を言う私の耳に、「だがまあ」という声が届いた。

「咲の言う通り、少しばかり不自然ではあるな」

「えっやっぱり？」

思わず顔を上げると、思案気な表情が目に入る。

「その子供は二度と来る気がないのなら、何のためにタイムカプセルとやらを埋める必要があったのか」

「まあ取りに行くつもりだったのに忘れてるとか、何か行けない事情があったのかもしれないけど……」

私の言葉には反応せず、楠は腕を組んだ。今日は満月に近いため、月明かりが彼の青みがかった黒髪やひと房を結わえる組紐（くみひも）を淡く照らしている。

白木蓮ほどの美貌（びぼう）でなくても、楠は十分に美しい。人にはない神々しさというものが、自然と備わっているからだろう。

無言で月を見あげる姿は、不思議と見る者を惹（ひ）きつける神秘性がある。

「俺にはどうも、その子供は自分の意志で来なかったように思える」

「えっ、どうしてそう思うの？」

「勘だ」

「……楠って時々、急に非論理的なことを言い出すよね」

ため息を漏らす私に、にやりとした笑みが返ってくる。

「論理の中で生きている木精の方が珍しいだろう」

そう言われてしまえば、否定などできなかった。やはり人間と木精とでは、見ている世界も、読み取る時の流れも違っているのだろう。

楠は私達のことを、どんなふうに思っているんだろう。直接聞いてみたことはないけれど。

「そういえば楠は、私以外に木精が視える人間に会ったことあるの？」

彼は縁側にごろりと寝転がって答えた。

「遥か昔にな」

「えっそうなの？　いつ？」

「このあたりにまだ、車もほとんど走っていなかったような頃だ」

「そっか。じゃあどこの誰か、もうわかんないよね。会ってみたかったなあ」

残念がる私の顔を、楠はどういうわけか微妙な表情で眺めている。

「何？」

「……いや。何でもない」

それ以上、楠は何も言わなかった。

翌日、バイトを終えた私はまっすぐに槐の元へ向かった。

自宅から持参した軍手をはめ、ガーデニングスコップを手に槐の木を見あげる。

「やっぱり大きいなあ……」

大きく広がった枝葉は、真下にいる私の視界を完全に覆いつくしていた。葉の合間を埋めるように咲く花々は、自己主張しすぎず、だからと言って存在感を失くさない絶妙なバランスを保っている。

「さて、やりますか」

いつものように、一番太い枝に腰かける槐を見やった。

「まあ頑張ってよね。見つかるかどうかわからないけど」

そう憎まれ口をたたく顔には普段の無邪気さがなく、代わりに緊張の色が浮かんでいた。

タイムカプセルを掘り出すのは、なかなかの重労働だった。

槐が場所を大体覚えていてくれたものの、根元の土は固く、できるだけ根を傷つけないよう少しずつ掘らなくてはならなかった。

汗だくになりながらやっとの思いで見つけたのは、小さな長方形の缶箱。相当古いものだろう、塗装は腐食やさびで変色し、元の色がわからなくなっている。

「じゃあ、開けるよ」

私は一呼吸置いてから、缶の蓋を開ける。外側はかなり腐食が進んでいたけれど、幸い中は綺麗なままだった。

一番上に納められていたのは、長方形の封筒だった。元は白かったのだろうが、経年のせいで全体的に黄ばんでいる。

「これは……手紙かな」

取り出して確認してみると、封筒の左下の方に縦書きで〝垣生瑛介(はぶえいすけ)〟と書かれていた。宛名欄は空白だ。

中身を確認する前に、封筒の下に入っているものが目に留まった。

「なんだろう、これ……」

それは十センチほどの木彫りで作られたウサギだった。丁寧に彫られてはいるけれど、たぶん手作りだろう。

「もしかしてこれ、槐の枝で作ったんじゃないの？」

「……どうやらそうみたいだね」

「槐はこのうさぎのこと、覚えてないの？」

彼は戸惑い気味にかぶりを振った。記憶にないというより、本当に初めて見た様子だ。

封筒の中には、一枚の紙が入っていた。勝手に読むのは気が引けたが、開いてみるとそこには何も書かれていなかった。

「白紙……」

普通タイムカプセルには未来の自分に宛てた手紙を入れることが多い。それが白紙ということは、やっぱりこれを埋めた本人は二度と手紙を読むつもりがなかったのだろうか。

「……あ、でも待って」

私は紙を光にかざしながら目を凝らす。

「何か……書いた跡がある」

おそらく何か書きかけて、消したのだろう。一部がこすれたようになっていた。

「……ご、め、……これ、もしかしたら〝ごめん〟って書いてるのかも」

何とかそこまでは読めたけど、それより先はどうやっても無理だった。

いったい彼は、何を謝ろうとしたのだろう。

どうして消さなければならなかったのだろう。

「……私、この垣生瑛介って人探してみる」

それを聞いた猫のような瞳が、さらに大きくなった。

「本気で言ってるんじゃないよね？」

「もちろん、本気だよ。だって、どうしても気になるんだもの。なぜこれを取りに来なかったのか」

怪訝な色を浮かべた槐の表情は、次第に苛立ったものへ変わっていった。

「僕はそういうつもりで頼んだんじゃない。勝手に詮索されたら迷惑だよ」

「……じゃあ、どうしてタイムカプセルを掘り出してなんて言ったの」

「それは――」

言葉に詰まる少年はいつもの余裕めいた風情をなくし、本当に小さな子供に見える。

「答えを知るのは怖いよね。でも、忘れられないんでしょう?」

私は彼の頭をぽんぽんとやると、にっこりと笑んでみせた。

「ここで私と出会ったのも、きっと運命だよ」

「……勝手にしなよ」

槐はそれだけ言うと、姿を消してしまった。

私は封筒に書かれていた名前をもとに、『五十年前の少年』を見つけることにした。

また人探しかと楠には呆れられそうだけど、今回は当てが無いわけではない。というのも、〝垣生〟という苗字(みょうじ)には見覚えがあったからだ。

翌朝、私は喜多川植物園に出勤すると、いの一番に取引先名簿を開いた。

「……やっぱり、間違いない」

植物リース契約をしている取引先の中に、〝垣生医院〟という名前があった。全国的にも珍しい苗字だし、読み方もわからなかったので記憶に残っていたのだ。

書かれている住所は同じ市内のため、なんとか自転車で行けそうだ。

スマホで垣生医院について調べ、院長の名前を見て「あっ」と声をあげる。そこには

「垣生瑛介」の名前が、一字も違わずに記されていたからだ。

　私は名簿から顔を上げると、多肉植物の古葉を取り除く先生に声をかけた。

「あの、すみません。先日友人から垣生医院の観葉植物が元気なかったと聞いて……。気になるんで帰りに見てきてもいいですか？」

「ああ、確かあそこには、パキラと大型のドラセナを置いてありますね。いいですよ、今日はそんなに忙しくないですし、今から行ってきても」

「えっいいんですか」

　快く送り出してくれる先生を騙すのは、心が痛んだ。でも先生はいやいやと手を振る。

「東平さんはいつも頑張ってくれていますからね。帰りに冷たいものでも食べてゆっくりしてきてください」

　そう言って目配せをする先生は、何もかもお見通しのようにすら見えた。


　私は早速自転車を走らせ、垣生医院へ向かった。

　照りつける太陽は今日も容赦なく、ペダルを踏み込む度に汗が吹き出る。遊歩道の脇にある植え込みから伸びた向日葵が、誇らしげに大輪の花を咲かせていた。

　たどり着いた垣生医院は、今どきの明るく清潔感のある建物だった。シンプルな機能美とデザイン性を融合させた……なんてキャッチフレーズが似合いそうな。

入口の自動ドアが開くと、ひんやりとした空気が流れ出てくる。入ってすぐのところに、私の身長よりも大きいドラセナが置いてあった。放射状に広がる細長い葉はつやを保っており、状態が悪いということはなさそうだ。

そう言えばこの木も、槐と同じように『幸福の木』と呼ばれているんだっけ。

そんなことを考えながらドラセナとは反対側に視線を向けると、奥に受付カウンターが見えた。

私は中にいたスタッフに喜多川植物園から来たことを伝え、院長に会いたいと告げる。するとと受付前を通りかかった人影が、声をかけてきた。

「院長なら今日休みですよ」

振り返ると、そこには首に聴診器をかけた黒ずくめの男性が立っていた。年齢は三十歳くらいだろうか、上下黒のスクラブと呼ばれる医療ユニフォームを着ている。中に着ているインナーも黒、髪も瞳も腕時計も靴も黒。ここまで徹底して黒いお医者さんは初めて見た。

「垣生先生に用があったのなら、伝えておきましょうか」

「あ、えっと……」

私は思わず口ごもってしまった。本人以外に要件を伝える準備をしてきていなかったし、そもそも木精の話を他の人にしたところで、怪しい人間だと思われるだけだ。

「大丈夫です、また出直しますから」

　そう言ってそそくさと退散しようとしたとき、目の前の医師が「あ」と呟いた。

「どうなさったんですか、今日はお孫さんと出かけるっておっしゃっていたのに」

　声がした方を振り向くと、ドラセナの隣で初老の男性が看護師らしき人に声をかけられている。

　年は六十歳くらいに見えるけど、この年代の人は年齢の見当がつきにくいので、実際はもっといっているのかもしれない。

　品のいい水色のシャツにサマージャケット。アルペンハットから見える髪は既に白髪が多くなっている。

「いやあ、下手こいちゃってね。孫が行きたいっていってたのは、プリマインとかいうアニメのイベントだったのに、僕が勘違いしてメリキュアのイベントに予約しちゃって」

「えー院長！　それ絶対間違っちゃいけないやつですよ。その二つはライバルなんですから」

　受付から乗り出した女性スタッフに、ははは と頷き返す。眼鏡の奥に見える瞳は、年齢の割に子供のような無邪気さがあった。

「まったくだ。まあそんなわけで、孫には拗ねられちゃってね。家にも居づらいし、ちょっとカルテの整理でもしようかと思って」

スタッフたちと陽気に話す彼に、私はおずおずと声をかけた。

「あの……垣生瑛介さんですか？」

「あれ、僕にお客さん？」

周囲にちらりと視線をやると、若い医師がええとこちらを見やった。

「院長に用があったみたいです」

突然やってきたチャンスに、心臓が跳ね上がる。私はできるだけ冷静を装って切り出した。

「東平と言います。喜多川植物園で働いています」

「ああ、植物園の方ね。リースの件かな」

「いえ、ちょっと伺いたいことがあって来ました。先生は湊町に立っている槐のことをご存じですか。以前学校があった場所です」

「はいはい、覚えていますよ。相当長く生きている木ですよね」

頷きながら答える様子に、動揺は感じられない。私は思いきってぶつけてみる。

「では槐の下に埋まっているタイムカプセルのことも、ご存じですよね」

その言葉を聞いた瞬間、先生の目が丸く見開かれた。

「どうしてそれを——」

「槐から聞きました。先生なら、この意味がおわかりになると思います」

少しの間、彼は沈黙していた。

その表情は驚きだけでなく、さまざまな感情が行き交っているようにも見える。居合わせた若い医師が、怪訝そうに私と垣生先生を見比べた。

「……いや、ちょっとわからないな」

「本当ですか？　本当に——」

「すまないね、急ぎの用事を思い出した。失礼するよ」

垣生先生は私と目を合わせようともせず、そのまま病院を出ていってしまう。近くにいたスタッフたちが、驚いた様子で顔を見合わせていた。

あっけにとられた私は、後を追うこともできなかった。咄嗟のことで体が反応できなかったのもあるけど、なにより彼が逃げるように去ってしまったことがショックだったからだ。

「……お騒がせしてすみませんでした。失礼します」

いたたまれなくなり、周囲に頭を下げると早足で外に出た。恥ずかしさと動揺のあまり、今すぐにでも逃げ出したい気分だった。

「はあ……なにやってんだろ」

こうなることをまるで予測していなかった自分が、情けなかった。

とぼとぼと駐輪場へ向かい、病院の敷地外に出たところで、呼び止める声が背に届いた。

振り返ると、先ほどの黒ずくめの医師が息を弾ませている。

「東平さんだっけ。僕でよかったら話聞こうか」

「え？　でも……」

「院長があんな態度を取るのは珍しい。もちろん話したくなければいいんだけど、何か事情があるようだから」

目の前の医師は何の表情も浮かべていなかった。けれどそれは冷たさを感じるものではなく、凪いだ海のような平穏を想起させる。さっきは身なりにばかり気を取られていて、この人の持つ〝静〟の佇まいに気づかなかったのだ。

とはいえ、私は迷った。木精の話を今まで誰かにしたことはほとんどない。異様な目で見られたり、頭のおかしい人間だと思われたりするのが怖いからだ。

悩んでいるのが顔に出ていたのだろう。相手は胸元を探りながら困った表情になる。

「しまった、慌てて出てきたから色々忘れた。君、書くもの持ってる？」

私はガーデニングエプロンのポケットからメモ帳とボールペンを取り出した。園や取引先で聞いたことをすぐにメモできるよう、いつも持ち歩いているものだ。

受け取った彼は、何ごとか書き付けて差し出した。

「もし相談したいと思ったら使って。不要なら捨ててくれればいい」

それだけ言って、病院に戻っていく。手の中のメモ帳を確認すると、走り書きのように

『西橋旅都』と言う名前と、連絡先が書かれていた。

「待ってください」

気がついたら呼び止めていた。こちらを振り向いた西橋先生に、慌てて頭を下げる。

「あの、ありがとうございます」

顔を上げると、先生はふっと笑みをこぼした。さざ波のような微笑だった。

「僕は何もしてないよ」

「もしよければ……話を聞いてもらえますか。できれば、他の人には聞かれたくないんですけど」

「わかった。診療時間が終わったら、どこかで落ち合おう。場所は指定してくれていいよ」

私は近くのカフェを待ち合わせ場所に指定し、自分の連絡先を相手に伝える。垣生医院の受付が午後五時半までなので、六時半に待ち合わせることにした。

西橋先生の背を見送る私の耳に、蟬の大合唱がこだましていた。

帰り道を自転車で走る間、さまざまなことが頭を巡り、気持ちが落ち着かなかった。

白香さんの時と違い、こんなにも早く尋ね人を見つけたこと、その相手から思いがけず〝拒否〟の意思を見せられたこと、そして――

初対面の相手に木精のことを話そうとしている自分が、信じられなかった。

――家族や美波にすら、話していないのに。

物心ついたときには、精霊が視えるのは『特異』なことだと気づいていた。自分以外の人が視えないものについては、口を閉ざしておいたほうがいい。楠の助言を受け、幼い日の私が出した結論だった。

けれどあの西橋という人にはなぜか、話してみようと思えた。直前に起きた出来事のせいで、混乱していたのもあるけれど。

――あの目のせいだろうか。

何の色も映さない、漆黒の瞳。

感情が読み取れないあの目が、むしろ私には居心地よく感じられた。そこには好奇や憐憫の色でさえも、映り込むことが無いからだ。


夕方、待ち合わせ場所に赴くと、西橋先生はまだ来ていなかった。

一番奥の席に案内してもらうと、アイスティーを注文し人心地つく。少し早く来たので、しばらく本でも読むことにした。待たせるより待つ方が、私はずっと好きだ。

三十分程経ったころ、カフェの扉が開き見覚えのある人影が入ってきた。店内を見渡し私がいる席に目を留めると、早足で近寄ってくる。

「ごめん、遅くなった」

「大丈夫です。こちらこそ、忙しいのにすみません」

見ると西橋先生はスクラブを着たままだった。私の視線に気づいたのか、目元に苦笑をにじませる。

「まだ仕事が残っててね。終わったら戻るからこのままで来たんだけど、目立つよね」

「いえ、むしろ申し訳ないというか……」

「いいんだ、僕から言い出したことなんだから。とりあえず、お腹空いたな。東平さんも何か食べる？」

「家で家族が食事を作ってくれてますので」

「そう。じゃあ悪いけど先にいただくね」

手早く注文を済ませると、彼は私に向き直った。

「では東平家の料理が冷め切らないよう、さっそく始めよう。まず確認しておきたいんだけど、君がこれから話すことについて、僕は何もできないかもしれないし、場合によっては君の望む行動を取らないかもしれない。それでもいい？」

「はい。判断は先生に任せます」

「先生というのはやめようか。君は僕の患者じゃないんだし」

「じゃあ私からも西橋さんに聞きますね。なぜ私の話を聞こうとしてくれたんですか」

その問いに、彼はふむと腕を組んだ。自身の内を確かめるように、言葉を紡ぐ。

「親切心……と言いたいところだけど、それだけじゃないかな。正直、驚いたんだ。院長をあそこまで動揺させるなんて、君は何者なんだろうって」

「垣生先生って普段はどういう人なんですか？」

「院長はいつも飄々と明るい人でね。肝も据わってるから少々のことじゃ動じない。僕の知る限り、患者やスタッフの前で取り乱したことは、一度もなかったよ」

あの時周りにいたスタッフが驚いた様子だったのは、それが原因だったのか。西橋さんは少々言いづらそうに、私の顔を見やる。

「二人は初対面のようだったし、あの子は院長も知らない隠し子なんじゃないかって、スタッフの間ではもちきりだよ」

「ちっ……違います！　なんでそうなるんですか」

「うん、そういう話をしてたようには見えなかったしね。まあそれくらい、ちょっとした事件だったんだよ。今朝のことは」

私は思わず顔を覆った。そんな噂が広まっているようでは、もうあの病院にはいけない。

西橋さんは私を慰めるわけでも、追い込むわけでもなく、淡々と告げた。

「だからね、困った様子の君に何かできることはないかと思ったのも、本心。院長と君の関係に興味があったのも本心だ」

「……西橋さんは正直なんですね」

彼は運ばれてきたグラスに口をつけながら、呟くように言った。

「下手な嘘で取り繕うほど、若くはないってだけだよ」

ウェイトレスがテーブルに食事を並べ始めた。西橋さんが注文したのはオムライスで、ふわふわの卵の上でトマトソースが美味しそうな香りを漂わせている。デザートの小さなプリンといい、彼の見た目とはイメージが違い過ぎてちょっと気持ちが和らぐ。

「これから私が話すことは、たぶん西橋さんが想像するどんなことよりも信じられないと思います。だからもし、私が嘘をついていると思うなら、今日のことは忘れてください」

「なるほど、僕が試されるわけか」

私は追加で注文したカモミールティーをひと口飲み、小さく深呼吸をする。

どこから話すべきか迷ったけれど、槐との出会いからタイムカプセルの存在を聞き、埋めた人間を探すに至るまでの話を、ひと通り話すことにした。

私が話す間、西橋さんは口を挟むことなくじっと聞き入っていた。その瞳には驚愕の色も疑念の色も浮かんでおらず、やっぱり何を考えているのかは読み取れない。

「これがタイムカプセルに入っていたものです」

私はバッグからビニール袋に入った手紙と木彫りのうさぎを取り出した。

「中を確認しても?」

「はい。手紙は何も書かれていませんが」

　彼が封筒に書かれた名前やうさぎを眺めるのを見守りながら、自分の想(おも)いを口にする。

「私はただ、垣生先生が来なくなった理由を知りたいだけなんです。五十年忘れられないでいる槐のためにも」

　西橋さんはしばらく何も言わなかった。私は嘘つきと笑われたり、罵(のの)られたりする恐れを抱きながら、じっと自分の手元を見つめていた。

「――東平さん、院長を説得できる自信ある？」

　顔を上げると、漆黒の瞳がまっすぐこちらを向いていた。

「それは……わかりません。でも聞いてもらいたい話があるんです」

「わかった。明日(あした)もう一度、診療時間が終わるころに病院においで。僕から先生に話をしておくから」

「……本当に、いいんですか？」

　彼はうなずくと、穏やかに笑んだ。

「ここまで聞いて、何もしないわけにもね。あの態度を見るかぎり、おそらく院長はタイムカプセルのことを覚えているだろうし」

　ただ、と言い含めるように告げる。

「院長には触れられたくない理由がある。君はそういう部分に踏み込むんだってことを、忘れないようにね」

大急ぎで帰宅した私は、吉乃おばあちゃんが作ってくれた夕食を一緒に食べ、洗い物を済ませると縁側に向かった。今日の出来事を一刻も早く、誰かに伝えたかったからだ。

「その西橋とかいう男の言う通りだな」

話を聞き終えた楠は、開口一番にそう言った。黙って続きを待っていると、濃緑の瞳がこちらを見やる。

「誰にでも触れられたくないことはある。それは咲にもわかるだろう」

「うん……そうだね」

笹森君とのことは、誰にも触れられたくない。相手が楠であってもだ。

「……私がやってることは、やっぱり大きなお世話でしかないのかな」

「その結論を出すには、まだ早いと思うがな」

楠は微かに吐息を漏らすと、星ひとつ見えない曇り空を見あげた。まるでその先にある月を見つめているように。

「少なくとも槐は今、咲を必要としている。白木蓮のときと同じだ」

「……うん、そうだね。とりあえず槐のためにも、やれるだけのことはやってみるよ」

あの時見せた槐の切なげな表情は、心の内にある淡い期待を諦められないでいるから。私にはそんな風に思えて仕方がなかったし、垣生先生が見せた表情の中にも、同じ類のものがあったような気がするのだ。

自ら働きかけることのできない木精が、手を伸ばせる瞬間があるとすれば、それは私のような〝視える人〟と出会ったときなんじゃないか——

白木蓮の一件から、私はそんなことをぼんやり考え始めていた。

翌朝、私はバイトに行く準備をする途中で、透かし彫りのペンダントを手に取った。ここ一番っていうときは、やっぱりこれが無いと気合が入らない。

ちらりとスマホを確認してみると、特に新着の通知はなかった。もし計画中止なら、西橋さんから連絡が入ることになっている。

門戸を開けて路地に出ると、ふくが通り過ぎるところだったので、おはようと挨拶した。陽ざしを遮りながら空を見上げる。文句無しの快晴。今日も間違いなく暑いだろうけど、夏はこれくらいの方がむしろ清々しい。

自転車を漕ぎだすと背後に気配を感じた。ちらりと見やると、楠がいつの間にか荷台に腰かけていた。(と言っても重さは感じないけど)

「あれ、今日はついてくるんだ」

「咲が上手くやれるのか、気が気でないからな」

「まったく、楠って過保護な親みたいだよね」

そう言って苦笑しながらも、内心でちょっとほっとしていた。普段は小言ばかりだけど、彼がいるのはやっぱり心強い。

物心ついたときから私の悩みを聞いてくれた、一番の理解者だから。

植物園ではなるべく夕方のことは考えないよう、仕事に集中した。

ちなみに楠はどうしていたかというと、ふらふらと辺りを散策したあとは、園に昔からいる合歓木（の木精）と談笑にふけっていた。園についてきたときのお決まりパターンだ。

夕方、バイトが終わってスマホを確認すると西橋さんから連絡が入っていた。一瞬『中止』の二文字が頭をよぎったけど、内容は『予定通りでOK』のひと言。

私は診療が終わる六時頃に合わせて、垣生医院に向かった。

建物北側にある出入口へ向かうと、既に西橋さんが待っていてくれた。相変わらず今日も黒ずくめで、凪いだ海だ。

「院長には打ち合わせ室で待ってもらってるから」

「院長室とかじゃないんですね」

「ああ、院長は自分専用の部屋は必要ないって、作らなかったらしい。そういう人なんだ」

彼に付いて廊下を歩く間、逃げ出したい気持ちが猛スピードで湧き上がってきた。一度拒否された相手へ気軽に向かっていけるほど、私のメンタルは強くない。

そんな私の様子を見かねた楠が口を開きかけたとき、前方から声がした。

「大丈夫だよ。そんなに怖がらなくても」

アイボリーの扉の前で立ち止まった西橋さんが、こちらを見て微笑した。

「話してみれば、案外大したことじゃない。大抵のことはそういうものだから」

そう言って扉をノックする様子を私はぼんやり見つめていた。極度にまで上り詰めていたはずの緊張は、ほんの少し和らいでいた。

開いたドアの奥で、垣生先生と目が合う。

「君は……昨日の」

先生は一瞬驚いた顔をしたけれど、すぐに察した様子で西橋さんを見やった。

「成程。どうしても話を聞いてあげてほしい人がいるっていうのは、彼女のことだったのか」

「ええ。さすがに昨日のままでは、院長も気に病むと思いまして」

しれっと返す西橋さんに、院長は苦笑を漏らしながら「君らしいな」と言う。

「では僕はこれで。二人での方が話しやすいでしょうから」

二人と言っても実際には楠がいるので、三人ということになる。西橋さんは木精が視えないからいいとして、垣生先生はどうだろうか。

「西橋君はああ言ってるけど、それでいいかな？」

「あ、はい。先生が構わないのでしたら私は問題ありません」

西橋さんが出ていったあと、楠には目もくれず先生は私に椅子を勧めた。

「まあ立ち話もなんだから」

「ありがとうございます。その……また押しかけてきてすみません。槐のことで、どうしても聞いてもらいたい話があるんです」

「いや、僕の方こそ昨日は失礼なことをした。まさか槐の使者が今頃になって現れるとは思ってもみなくてね」

「……なるほど。槐と知り合いだってことは、認めるんだな」

楠の言葉に、垣生先生は何も応えなかった。私はトートバッグから封筒と木彫りのうさぎを取り出し、差し出す。受け取った先生はうさぎを親指でさすりながら、瞳を細めた。

「……懐かしいね。よくまだあったもんだ」

その表情は本当に過去を懐かしんでいるようで。私は封筒の中身を見たことを謝りつつ、白紙だったことについても言及した。

「私は先生を責めにきたわけではないんです。槐だってそんなことは望んでいません。なぜ先生が、タイムカプセルを取りに来なかったのか。どうして手紙に何も書けなかったのか……その理由を、知りたいだけなんです」

しばらく沈黙していた先生は、懐から何かを取り出した。見覚えのあるフォルムに、私は先生が反対側の手に持っているうさぎを指し示した。

「それ……もしかして同じものですか」

同じ大きさ、同じ形。そして、同じ材質。

先生は二つのうさぎを見つめながら、切なさと自嘲をはらんだ笑みを浮かべてみせた。

「——僕はね、あいつを捨てたんだ」

「捨てたって……どういうことですか」

私の問いかけに、彼は軽く目を伏せた。

「槐と僕の出会いについては、もちろん聞いているね」

「はい。先生から声をかけられて、槐は初めて人間と話したと言っていました。毎日のようにいろんな話をして、とても楽しかったと」

「うん。あの頃僕はこの町に越してきたばかりでね。友達もいないし、休み時間は校庭の隅で一人ぶらぶらしていることが多かった。あるとき、槐の木の枝にいつも同じ少年がいることに気づいてね」

黄みがかった銀髪や猫のような瞳の色は、少年が普通の人間とは違うことを示していた。

「彼が人でないことは薄々気づいていたけれど、特に怖いとは思わなかった。それまでにも、似たような存在を視たことがあったからね」

とはいえ自分から声をかけたのは、この時が初めてだった。少年の子供たちを見つめるまなざしに、不思議と惹きつけられたからだ。

「槐との話は楽しかった。十二だった僕とそう年が変わらないように見えたけど、他の同年代の友達とはまるで違う視点で物事を見ていたし、物知りで話す内容も多岐にわたっていた。僕は彼との話に夢中になったものだよ」

槐が垣生少年と過ごすひとときに没頭したように、少年時代の彼もまた、同じように木精との時間を特別に思っていたのだろう。

二人が煌めくような時間を共にしていたことが、私の脳裏にも浮かんでくる。

「それなのに、どうして槐の前から姿を消したんですか」

垣生先生は吐息を漏らすと、天井を仰ぎ見た。そしてとても恥ずべきことを口にするかのような言いぶりで、切り出した。

「僕はもう、彼のことが視えないんだ」

その意味がすぐには理解できなかった。けれど隣にいた楠が嘆息と共に「やはりか」と漏らした。

「道理で俺の振る舞いに無反応なはずだ。おそらく彼はもう、木精の存在を感じ取れないのだろう」

私は絶句した。

言われてみれば、先生はこの部屋に入った時から楠のいる方を一度も気にしていなかった。単に存在を無視しているだけなのかと思っていたけれど、そうではなかったのだ。

「……いつからですか」

驚きと混乱で、私の頭は麻痺(まひ)していた。木精を視る力が失われるという可能性を、今の今まで考えたこともなかったからだ。

「最後に槐と会った日には、かろうじて声と影が分かるくらいだった。その数日後には完全に姿も声も感じ取れなくなっていたよ」

「それはどうしてですか？　理由があるんですか？」

「咲、落ち着け。そんな聞き方では相手が面食らう」

楠にたしなめられ、我に返る。

「すみません、ちょっと驚いてしまって……。視えなくなった原因は、わかっているんでしょうか」

「正確なところはわからない……が、心当たりはある。僕が槐のことを〝視たくない〟と強く念じたことがあった。その頃から徐々に視えなくなり始めたからね」

どうしてと問う視線を受け止めるように、先生は小さく呼吸した。

「色々な事情が重なった。あの頃の僕は未熟で身勝手な子供だった」

老練と無邪気さが入り混じったまなざしは、遥か遠くを見ているようだった。静まり返った室内で、エアコンの音だけが唯一存在感を示している。

「ひとつは、人ならざるものを視る力を親から忌避されてね。僕の兄が幼くして死んだこともあるんだろう。特に母親は僕が精霊に取り殺されてしまうんじゃないかと、怯えていた」

それゆえに家族の前で槐の話はタブーだったし、彼との時間は禁忌を犯しているような後ろめたさがあったそうだ。

「その頃、ちょうど友達もでき始めていてね。彼らと遊ぶのが日に日に、楽しくなっていた。でもあるときうっかり槐の話をしてしまったら、気味悪がられてしまってね」

そのときの状況は、私にも手に取るようにわかった。周囲の自分を見る目に怯えや疑いが宿る瞬間を、見てきたからだ。

「僕は親を悲しませたくなかったし、せっかくできた友人を失うのが怖かった。そんなことを考えるうちにね、端的に言えば、面倒になってしまったんだ。あれこれと悩むくらいなら、むしろ視えなくなってしまえばいいと」

そう思い始めたころから、次第に槐の姿や声が視えなくなりだしたそうだ。当時の垣生少年がどんな思いでその事実を受け止めたのか、私はいたたまれなかった。

「僕が槐を見捨てたんだから、能力を失うのは仕方ない。でも彼がこのことを知ったら、きっと深く傷つくだろうと思った」

適当な嘘で取り繕ったところで、あの無邪気で頭がよくて繊細な槐が、真実に気づかないはずがない。いつも夢を見ているような彼の瞳が、自身の奥にある保身の泥水を見抜く瞬間が怖かった。

「でもその姿すら僕にはもうわからないなんてね、あまりに身勝手で酷薄な話だと思わないかい？」

「……だから、彼の前から姿を消したんですね」

垣生先生は静かにうなずいた。

「僕は逃げたんだ。彼との縁も友情も、すべて捨て去って」

何も知らない子供のままでいられたら、今でも槐の傍で笑っていられたのだろうか。今更そんなことを考えても、仕方が無いのはわかっているけれど。

「なぜタイムカプセルを埋めたりしたんですか。そのまま姿を消すこともできたのに」

「自分でもどうしてあんなことをしたのか、よくわからないんだ。彼の前から姿を消すと決めた日に、衝動的に思い立ってね」

そう言って苦い笑みを漏らす垣生先生を見て、楠がやれやれとかぶりを振った。

「結果的にその行動が、槐の中に大きなしこりを残したというわけか。皮肉な話だがまあ……分からなくはない」

「意外だね、楠がそういうとは思わなかった」

「残しておきたかったのだろうな、彼らの縁の証を」

「二人の縁……」

急に楠と話し出した私を、垣生先生がきょとんとした顔で見守っている。私はすぐ隣に木精がいることを説明したうえで、思い至ったことを口にした。

「そういえば私、どうして〝うさぎ〟なんだろうって、ずっと考えてました」

「うさぎ？　ああ、これのことかい」

私は先生が手にしている木彫りのうさぎを指して、うなずいた。

「これって縁結びのお守りだったんですよね。因幡の白兎は、縁結びの象徴。槐も『縁を授ける』木ですから」

「……ああ、そうだね。そうだった」

「先生は槐との縁を捨てたと言ったけど……諦めきれなかったんじゃないですか」

それを聞いた垣生先生の瞳が、はっきりと揺らいだ。

自ら断ち切った縁を、諦めきれなくて。

いつかまた、視えるように――再び彼と話ができるようになる日を心のどこかで願っていたのだとしたら。

「先生、もう一度槐に会ってもらえませんか」

彼の顔に、ためらいの色が広がっていく。

「僕はもう彼のことは視えないし……今会ったらきっと傷つけてしまう」

「それでも槐は待ってます。五十年経った今でも、あなたを」

傷つけたっていいじゃないか。互いの本心に触れられないまま、忘れられないでいるよりずっとマシなはずだ。

しばらくの間、先生は手に持った二つのうさぎをじっと見つめていた。やがて顔を上げると、私の目を見て告げた。

「わかった。五十年前の宿題を終わらせるとしよう」


槐がいる広場についたときには、陽が暮れかけていた。

夏は夜の始まりが遅いけれど、お盆を過ぎるころからは日に日に陽が短くなるのを感じる。まだまだ暑いことに変わりはなくても、確実に季節は進んでいるのだ。

広場の中へ垣生先生と入ろうとしたとき、楠が立ち止まった。

「俺はここでいい」

「また？　どうして」

訝しむ私の視線に、彼は肩をすくめた。

「同じ木精に見られたくないこともあるだろう。野次馬は一人で充分だ」

「待って、その一人って私のことじゃないよね」

「冗談だ。早く行け」

そう言って笑う楠に背を押されながら、奥に立つ槐へ視線を移す。

茜色(あかねいろ)に染まった木は、夕焼け空に溶け込んでしまいそうに見えた。

「……あの頃とはずいぶん変わってしまったな」

垣生先生はかつて校舎があった方を見つめていた。そのまなざしには懐かしさと寂しさが入り混じっているのが伝わってくる。

槐はいつもの枝に腰かけ、暮れゆく夕陽を見つめていた。私たちの存在に気づくと、一瞬目を見開く。

そして私が何か言うより早く、猫のような瞳(ひとみ)を細めながら、垣生先生へ告げた。

「長い明日だったね」

彼の存在が視えない先生は、槐の木を見つめるだけだ。

「槐……先生はね、もうあなたのことが視えないの」

私の言葉を聞いた槐は、かつての少年を見つめたまま沈黙した。けれどすぐに察したのだろう、軽く息をついてから微(かす)かに笑った。

「なんだ、そうだったんだ。てっきり、忘れられたのかと思ってたのに」

「彼はなんと？」

槐の言葉をそのまま伝えると、垣生先生は強くかぶりを振った。

「そうじゃない、そうじゃないんだ……。俺が馬鹿だったんだ、お前は何も悪くない」

先生は自分が姿を消した経緯を説明し懺悔した。苦し気に言い連ねる様子を見て、槐の眉がひそめられていく。

「俺がもっと利口で分別のある子どもなら、お前を傷つけることなどなかった。本当に……本当に、すまなかった」

反応が分からない相手と話すのは、雲をつかむようなものだ。

きっと先生は今、槐が傷ついた目をしていると思っているんだろう。でも実際はそうではないように私には見えた。先ほど彼が吐息と共に瞳へ宿したのは、安堵に近い色だったから。

頭を下げ続ける先生を槐は一瞥して、今度は大きなため息を吐いた。

「何もわかってないんだね、瑛介。僕は利口で分別のある子どもなんて、まっぴらごめんだ」

いつもの取り澄ました表情の中に、微かな怒りがにじんでいる。私が先生に伝える間もなく、畳みかけるような言葉が飛んできた。

「僕はね、未熟で視野が狭くて、失敗ばかり繰り返す人の子ほど美しいものはないと思っている。彼らがふとしたきっかけで、小さな真理を手繰り寄せる瞬間を見たことがあるかい？　歓喜や驚嘆に満ちたまなざしが咲くさまは、どんな美しい花より尊いんだ。もし瑛介が僕のことを面倒になったのならそれでいいし、視えなくなったのなら仕方のないことさ。後悔なんてされたくないし、謝られる筋合いもないんだよ」

苛立ち(いらだ)をあらわにする槐を見て、私はもどかしかった。

白木蓮と白香さんは、たとえ姿が見えなくても互いの想い(おも)をわかり合っていた。けれどこの二人は違う。小さなすれ違いが五十年という歳月を経て、互いの心を見えなくしてしまっている。

「あいつは何と言っているんだ」

垣生先生の問いかけに、言葉に詰まる。どうすればうまく伝わるのか、どうすれば通じ合えるのかが私には分からない。

たとえひとときでもいいから、槐の声が届いたらいいのに。顔を合わせて、言葉を交わして、心を傾け合えたら――！

そう強く、強く願ったとき、突風が吹きあがった。

風にあおられた垣生先生を私が咄嗟(とっさ)に支えた瞬間、光の粒が弾(はじ)けた。

「槐……」

驚愕(きょうがく)の表情を浮かべる先生の目は、少年のいる場所に向けられていた。そのことに気づいているのかいないのか、槐の瞳もまっすぐに先生を捉えている。

「ねえ、瑛介。もし謝る代わりにひとつだけ、僕の望みを聞いてくれるんならさ。覚えといてよ。瑛介の記憶の中に、僕との時間があったってことを。刹那の夢を見るような夏があったってことをさ」

「忘れたことなどない。忘れられるわけないじゃないか！」

ずっと、ずっと心のどこかで、諦められなかった。少年だったころの鮮烈なひとときは、何年経っても褪せることのない宝物のような記憶だったから。

「……なんだ、瑛介も一緒だったんだ」

たったひとつの答えを得たように、緑金の瞳がゆっくりと細められた。

その奥に見えたのは、安堵を軽やかに飛び越えた歓喜の色だと、私は思った。


結局、垣生先生が槐の姿を視られたのは、ほんの一瞬のことだった。

けれど二人は満足そうだし、特に問われることもなかったので、私も深くは考えないことにした。たぶん今考えてみたところで、答えは出ないだろうから。

先生は私からタイムカプセルを受け取ると、愛おしそうに眺めた。

「これは、もう一度埋めておくよ。たぶんその方がいいだろうから」

そう話す彼を、槐は楽しそうに見守っている。缶の蓋を開けた先生は、うさぎのお守りを中に入れた。

「思えばこいつが槐とお嬢さんを結び付けた。作った甲斐があったもんだ」

「いえ……このお守りが再び先生と槐を結び付けたんだと思います。私はその縁に引き寄せられただけで」

「そうか。……うん、そうだな」

何度もうなずく先生の瞳には、うっすらと涙がにじんでいた。

「俺は怖かったんだなあ。槐がいつしか、俺を忘れてしまうのが」

自ら手放したのに、それでも縁を失いたくなくて。小さな箱に自分の形にならない願いを詰め込んだ。

「この手紙も、何かを残したくて書いてみたけどだめだった。謝ることしか浮かばなくてね」

書いては消し、書いては消し、結局白紙のまま自分の名前だけを封筒に記した。そんな少年時代のほろ苦い夏は、五十年の時を経てようやく色を描き始めたのだ。

槐の木を見上げた先生は、その瞳に少年のような無邪気さを取り戻していた。

「今度、家族を連れてくるよ。俺にはもう、孫もいるんだ」

「幸せなんだね、瑛介」

「おかげさまで、幸せにやってるよ。お前のおかげかな」

空に一番星が輝きだす頃、二人はいつも通りの挨拶(あいさつ)で別れる。

「じゃあな、槐。また明日(あした)」

きっと明日も、晴れるだろう。


垣生先生と別れた私は、楠と一緒に家路を急いだ。最近帰宅が遅い日が続いているので、吉乃おばあちゃんが心配しているかもしれない。

自転車を漕(こ)ぎながら、後ろの楠に声をかけた。

「ねえ、楠は知ってたの？」

「何をだ」

「視える能力が無くなるってこと」

一瞬の間があった後、静かな声音が返ってきた。

「そういうことがあるのは知っていた」

「じゃあもしかして、垣生先生が来なくなった理由にも薄々気づいてたってこと？」

「確信があったわけじゃない。可能性として考えていただけだ」

「言ってくれたらよかったのに……」

「知らなくていいことは、知る必要がないからな」

そう言い切る楠がどんな表情をしていたのかはわからない。でも彼の口数がいつもより少ないことには気づいていたし、この話題に触れたくない様子なのも感じ取っていた。

「私もいつか、視えなくなる日がくるのかな。そんなの嫌だよ、楠たちと話せなくなるなんて……」

「心配するな。そう思っているうちは大丈夫だ」

それきり楠は黙り込んでしまったので、私も何かを言うのはやめた。

家に着く頃には、綺麗な三日月が輝いていた。


夕食後、私は西橋さんにお礼と報告を兼ねて電話した。

広場での一部始終を伝えると、彼は『役に立てたのならよかったよ』とだけ言う。たぶん今日も、凪いだ海の顔で聞いているのだろう。

『それにしても、精霊が視える人って本当にいるんだね。驚いたよ』

「でもあの時、私を疑わなかったですよね？　何も聞かれなかったし……」

『疑うもなにも、真偽を判断するのは僕の役目じゃなかったから』

「じゃあ、どんな話でも受け入れるつもりだったんですか」

『そうだね。後の対応は、話の内容次第だったけれど』

なんだ、そうだったんだ。私を信用してくれたわけじゃなかったのだ。

想像以上にがっかりしている自分に戸惑う暇もなく、西橋さんの声が届いた。

『まあ、嘘は言ってないんだろうとは思ってたよ』

「……そうなんですか？」

『一応筋は通っていたし、院長の態度を見ていたらね。大体僕を騙すつもりなら、普通もっとマシな嘘をつくだろう？』

言われてみればその通り……だけど、なんとなくモヤモヤがすっきりしなかった。

冷静に考えれば西橋さんの言うことはもっともだし、たぶん理にもかなっているんだろう。でももう少し、前向きな理由で信じてもらいたかったのだ。それが自分のわがままだということも、わかってはいるけれど。

私の小さな不満に気づいているのかいないのか、彼は槐のことに話題を切り替えた。

『僕はね、人には大人への階段を上り始める寸前の、特別な時間があると思ってるんだ』

「特別な時間……ですか？」

『子供時代が終わろうとしている時期って過ぎてみれば一瞬だけど、濃密でなによりエネルギーに満ち溢れているだろう？　もちろん、その熱が負の感情に支配されていることもあるだろうね。でもきっと槐はそれも含めて刹那的な美しさを感じ、焦がれていたんじゃないかな』

槐が垣生少年を責めようともしなかった理由。自分を置いて大人になっていく姿すら、彼にとっては愛おしい存在だったから――

西橋さんの語った言葉は、私の中にすとんとおさまっていった。

『まあ、また何か困ったことがあったら、連絡して』

「えっ？」

思わず聞き返す私に、彼はどこか楽しげに告げた。

『僕自身木精に興味があるし、秘密は誰かと共有した方が気が楽だろう？』

さざ波のような微笑が目に浮かぶ。

この人との縁が槐で繋がれたものなら、悪くはないのかもしれない——私はぼんやりと、そんなことを考えてしまった。


その後、槐のいる広場は整備され、子供たちが遊べる公園になった。西橋さんによると、顔の広い垣生先生が各方面に働きかけて実現したらしい。

二ヵ月経った今では、連日のように子供が駆け回る姿を見ることができる。

「退屈しなくなったのはいいけど、ちょっと賑やかすぎるよね」

「またそんな可愛くないことをいう」

苦笑する私に、槐は「まあ、時々思うこともあるよ」と緑金の瞳を夢見るように細めた。

「僕は真実、幸せな木だってね」

第三章　金木犀――キンモクセイ――「初恋」

はじめて出逢った日のことも、あの日君が見せた涙も
今はただ、すべてが愛おしいだけ

朝晩の空気が冷たさを増してくる十月半ば。

私は年季の入った数寄屋門の前に立っていた。右上に掲げられている表札には品のある書体で「喜多川宗一（きたがわそういち）・美夜子（みやこ）」と記されている。

呼び鈴を鳴らして出迎えを待つ間、辺りに立ち込める甘い香りを胸いっぱいに吸い込む。秋の到来を実感させる、金木犀（きんもくせい）の芳香。遠くからでもはっきりわかるほどの香りを放つ花木というのは、そう多くない。

「やあやあ、東平（とうなる）さんいらっしゃい」

門扉の奥から、喜多川先生の陽気な笑顔がのぞいた。私はぺこりと頭を下げ、「おはようございます、お邪魔します」と挨拶する。

「どうぞ、今日もよろしくお願いします」

そう言って私を迎え入れる先生は、紺の作務衣（さむえ）を着て足元は草履だった。植物園では常に袴（はかま）姿のため、少し新鮮に感じてしまう。

「お庭の金木犀、咲きだしたんですね。とてもいい香りがします」

「そうですねえ、あと数日で満開といったところでしょう」

ちなみに先生の家には大きな金木犀が二本植えられていて、その両方に木精（もくせい）が宿っている。縁側からちらりと庭をのぞくと、私の姿に気づいた二人が、嬉（うれ）しそうに手を振った。

「あらあ、咲（えみ）ちゃんじゃない！　久しぶりねぇ」

「ほう、珍しい顔を見たな」

道具を準備しに行く先生に断りを入れ、庭へ降りる。喜多川家は昔ながらの純和風家屋なので、庭も立派な日本庭園……と思いきや、全然そんなことはない。

百坪ほどある敷地は植物園と同じで、自然美を活かし花木が伸び伸びと育てられている。

若いころは先生と奥様の二人で手入れしていたそうだけど、さすがに高齢になった今は一人で維持するのが難しくなり、植物園で働くスタッフが交代で手伝い（アルバイト代＋お茶菓子付き）に来ていた。

「桂花ちゃんも金さんも、綺麗に咲いたね」

仲良く並んだ金木犀を見あげると、橙黄色の小さな花が枝葉を覆いつくさんばかりに咲いている。甘い芳香に包まれていると酔ってしまいそうで、この花を使ったお茶やお酒があるのもうなずける。

「でしょ？　アタシの美しさと香りは年々磨きがかかってるもの」

そう豪語する桂花ちゃんは、本人が言う通り輝くばかりに美しい。

白磁の肌に、ブルートパーズのような瞳。腰まである山吹色の髪は豊かに波うっている。

身に纏うキラキラしたロングドレスは、華やかな桂花ちゃんにとてもよく似合っているし、一度でいいからこんな美人に生まれてみたいとも思う。

ただし彼は、男だった。

「はっはっは。わしの美しさも負けてはおらんぞ」

仁王立ちの金さんが、豪快な笑い声をあげる。

「この逞しい幹、壮麗なる枝ぶり、そしてあまたの者を虜にするゆかしき芳香。主もさぞかしお悦びであろう」

金さんの言う通り、彼はとても立派で美しい木だ。桂花ちゃんより十年ほど早く植えられていたらしく、幹の大きさや枝葉の広がりも、ひと回り大きい。

木精としての姿も堂々たるもので、たおやかな桂花ちゃんとは対照的に、雄々しい精気に満ち溢れている。

ただし彼は、カピバラ（♂）だった。

カピバラというのは、四つ足でげっ歯目の時々温泉に入っている姿が話題になるあれだ。

なぜそんな見た目なのか、どうしてカピバラなのか。

初めて彼を見たとき、どこから突っ込んでいいかわからない有り様で、私は「カピバラかわいいですね」としか言えなかった。

『桂花ちゃん』『金さん』という名前は、二人の呼び分けに悩んでいたときに彼らから（ちゃん付け含めて）提案されたものだ。

〝桂花〟は金木犀の原産国である中国での呼び名で、金さんについては、どうやら遠山的なアレにちなんでいるらしい（金さんはやたらテレビ番組に詳しい）。

ちなみに木精に性別があるのかという点については、私にも明確な答えはわからない。けれど花木には雌雄が同じ株であるものと、そうでないものがあって、金木犀は雌雄異株――つまり「♂♀」がはっきりしている。ここにある金木犀は、どちらも雄株なのだ。

「精霊さんとのお話は済みましたか」

かけられた声に振り向くと、喜多川先生がにこにこと立っていた。

「はい。今年も立派に咲いたから、先生がお喜びだろうと」

「ええ、ええ。金木犀は妻が好きだった花ですから。今年もありがとうございます」

先生は金木犀に向け丁寧にお辞儀をした。金さんと桂花ちゃんがむせび泣いているのを微笑ましく眺めつつ。

「奥様がお好きだったから二本植えているんですね。珍しいなと思ってたんです」

「それも理由のひとつですが、別の理由もありまして。またお茶の時間のときにでも」

そう言って剪定ばさみを取りに行く先生の背中を、桂花ちゃんがじっと見守っていた。

その瞳にどこか影が差しているように見えたのは、気のせいだろうか。

「桂花ちゃんどうかした？」

「あら、なんでもないわ。早くお庭の手入れに行ってらっしゃい。宗一さんがお待ちよ」

「うむ。我らがより美しくあるためには、周りも美しくなくてはならぬ。究極の美とは共演によって更なる高みへと向かう協奏曲(コンチェルト)なのだ」

「ちょっと何言ってるかわからないけど、とりあえず頑張ってくるね」

二人に背を押されるように、私はよしと気合を入れた。


喜多川先生に木精のことを話したのは夏の終わり、槐(えんじゅ)との一件があってしばらく経った頃のことだ。

これまでの私は、木精について積極的に話そうとは考えもしなかった。打ち明けてみようと思えたのは、西橋(にしばし)さんの存在が大きい。成り行きとはいえ彼に木精のことを話せたことで、私だけだった世界を誰かと共有できるような淡い期待が生まれてきたのだ。

初めて先生に打ち明けたときは、それはもう緊張した。でも私の不安なんかすっ飛ばすかのように、話を聞いた先生は心底嬉しそうにこう言ったのだ。

「ようやく、東平さんのような方に出会えました」

このひと言で、先生を選んだ私の勘は間違っていなかったと思えた。植物を心から敬愛しているこの人なら、きっと私の話を受け入れてくれると信じていたからだ。

その後、話の流れで喜多川家にいる木精について尋ねられたことがあった。

上品で愛嬌（あいきょう）のある先生の家にいる精霊が、なぜよりにもよって彼ら（のような濃い面子（メンツ））なのか。神さまを小一時間問い詰めたいところだけど、事実は受け入れるしかない。

先生にもありのままを話そうと思っていたら、意外にも桂花ちゃんの方からストップがかかった。

「アタシのことは先生に黙っといてくれない？」

当初私は彼が外見的な部分を伏せておくよう頼んだのだと思っていた。でも実際はそうではなくて、桂花ちゃんは自分の存在そのものを先生に知られたくないと言うのだ。

「どうして？　先生は木精のことを嫌がったりしないのに」

「ええ、それは重々承知しているわ。でもこれはアタシ自身の問題なの。お願いね」

有無を言わさない口調に、私はそれ以上何も言えなかった。結果的に金さんの話だけを先生には伝えてある。

……さすがにカピバラとまでは言えなかったけど。

ガーデニングエプロンと手袋を身に着けた私は、さっそく作業に取り掛かった。

庭の水まきから始め、伸びすぎた花木の剪定や切り戻し、開花が終わった花たちには追肥を与えていく。

ほんの少し手間をかけてあげれば、花は長く美しく咲いてくれる。「植物ごとのタイミングと加減が大切なんですよ」と先生から教わってはいるけれど、同じ種類でも育つ環境によって開花時期が変わってくるし、必要な手間の種類も違ってくる。

そういう見極めが私にはまだまだ難しくて、すべての植物と話せたらいいのに、なんて時々思ってしまう。

ひと通り作業が済んだところで、先生が縁側にお茶とお菓子を持ってきてくれた。

「今日もご苦労さまでした。お茶にしましょうか」

「ありがとうございます。わ、桔梗屋(ききょうや)のお饅頭(まんじゅう)！　私これ大好きなんです」

見慣れた焼き印に目を輝かせる私を、先生はにこにこと見守っている。

縁側に並んでお饅頭を食べていると、ふいに先生が金木犀を見やった。

「この国の金木犀は、雄株しかないと言われているんですよ」

「えっそうなんですか」

「結実している金木犀を見たことが無いでしょう？」

そう言われてみれば、金木犀の実って見たことが無い。雌株がないというのはつまり、種が取れないということだ。

「じゃあ日本にある金木犀は、すべて挿し木で増やしたんですか」

「そういうことでしょうねえ。もともと花と香りを楽しむ木ですから、花の多い雄株が珍重され増やされたのでしょう」

ちなみに挿し木とは、切り取った若い枝から発根させて、増やす方法（クローン方式）だ。種から育てるよりずっと楽だし、花が咲くのも早い。

花屋さんで売られている花木の多くが挿し木で増やされているのは知っていたけれど、まさか金木犀の雌株が日本にないとは思わなかった。

「私は金木犀の結実を見てみたいと思いましてねえ。実は原産国から雌株を取り寄せたことがあるのです」

「じゃあ先生は実がなったところを見られたんですね」

私の言葉に、先生は残念そうにかぶりを振った。

「それが植えてしばらくすると、性転換して雄株になってしまったんです」

「えっ……そんなことってあるんですか」

「不思議ですよねえ。環境が合わなかったのか、何か条件があったのかわからないのですが」

金木犀の雌株が雄性化してしまう理由は、わかっていないのだという。魚では聞いたことがあったけど、植物でも性転換することがあるなんて知らなかった。

喜多川先生は並んだ金木犀を眺めながらぽつりと呟（つぶや）いた。

「この国の金木犀は、恋をすることも叶わないんですねえ……」

先生の視線を追うように、庭の奥でくつろぐ金さんと桂花ちゃんを見やった。彼らの木は縁側からよく見える位置に植えられているので、ここからでも姿がよくわかる。

「……あ、そうか。そういうことだったんですね。先生のお家に金木犀が二本あるのは」

私の言葉に、先生はええと頷いた。

「元々は妻のたっての希望で、この家に越してきたときに最初の一本を植えました。それが〝金さん〟ですね。もう一本は妻が亡くなる一年ほど前に植えたのでしたか」

懐かしそうに細められた先生の目には、二本の金木犀を嬉しそうに眺める奥様の姿が見えているようにも思えた。

「奥様よほどお好きだったんですね。何か理由でもあったんですか？」

「詳しい訳は聞いたことがありませんねえ。子供の頃、近所に大きな金木犀があったという話は聞きましたが」

「そっかあ。もしかしたら、子供の頃からの憧れだったのかもしれませんね」

「ええ。ずっと庭に植えるのが夢だったと、それは大切にしていましたよ」

私は写真でしか見たことのない先生の奥様に、会ってみたくなった。

病で早くに亡くなったそうだけど、昔から園で働いているスタッフたちは皆、素敵な人だったと言っていた。きっと先生と同じようににこにこしながら、庭の花木たちを手入れしていたのだろう。

私はふと、思った。

先生の奥様も、金木犀が結実するのを楽しみにしていたのだろうか。だとすれば、亡くなる前に見せてあげられなかったことを、先生は悔やんでいるのかもしれない。

そして、桂花ちゃんも——


帰り道、バス停までの道を歩いていると、どこからか呼び止める声がした。

「東平さん？」

少し先の道路脇に黒い車が停車した。運転席から顔を出した西橋さんに私は会釈する。

「こんなところで偶然ですね」

「そうだね。今日はバイト？　自転車じゃないみたいだけど」

「植物園の園長のお家へ手伝いに行ってたんです。西橋さんはお休みですか」

「うん。これからアン・レジーナガーデンっていう店に行くところ」

「えっいいなあ」

うっかり出てしまった本音に、西橋さんは瞬きをする。私は慌てて言い訳をした。

「そのお店先月オープンしたばかりの人気カフェなんです。一度行ってみたかったので」

「ああそうなんだ。このあと予定無いなら、一緒に来る？」

思わず彼の顔を見つめたけれど、相変わらず凪いだ海で何を考えているのかわからない。

「えっと……いいんですか？」

「うん。ちょっと一人では行きづらいと思ってたところだから」

どうやら誰かと待ち合わせしているわけではないようだ。私の戸惑う表情に気づいたのだろう、西橋さんは目元に苦笑をにじませた。

「院長に頼まれてね。今週末限定で販売されるお菓子を、お孫さんが欲しがっているそうだよ。都合がつくのが僕しかいなくて」

「……西橋さんって、意外とお人好しなんですね」

「まあ、特に予定も入ってなかったからね。甘いもの嫌いじゃないし」

何でもないように答える彼を、私は少し見直した。たぶんだけど、この人は損得とかあまり考えずに引き受けたように思えるから。

「じゃあ、お言葉に甘えてご一緒します」

助手席に座ると（後ろに乗るか迷っていたら「話しづらいから横に乗って」と言われた）、西橋さんはゆっくりと車を発進させた。

今日の彼はいつもの黒ずくめではなく、ラフなグレージュのTシャツにカーディガン、ネイビーのパンツという、ごくごく普通の格好をしている。

「普段の服は黒くないいんですね。よほど黒が好きなんだと思ってたのに」

「ああ……あれを着ると、集中力が増す気がするんだ。仕事の時だけだよ」

「勝負服みたいですね」

「まあそんなところ」

ちらりと彼の横顔を見ると、漆黒の瞳はまっすぐ前を向いていた。

車内に視線を移してみるけれど、目に付くものは何もない。落ち着いたデザインの車にシンプルな内装。この人らしいとも思った。

「そういえば、植物園の園長……喜多川先生っていうんですけど、先生に話したんです。木精のこと」

「そうなんだ？　前にすごく尊敬してるって聞いてたから、てっきりもう話してるんだと思ってたよ」

「尊敬してるからこそ、言えないこともあるじゃないですか」

西橋さんは前を向いたまま、確かにねとうなずいた。

「僕はまったくの他人だったから言いやすかったんだろうし」

「それは否定しませんけど……幼少期を過ぎてから話したのは、西橋さんが初めてですよ」

「え、そうなの？」

意外そうにこちらを見やる相手に、うなずき返した。彼はそうかと呟いてから、少し不思議そうに訊く。

「どうして僕に話そうと?」

「自分でもよくわかりません。垣生先生のことで手詰まりだったのもありますけど……」

あの時は気がついたら、引き留めていた。自分の中にある勘のようなものが、彼なら大丈夫だと告げていたのだろうか。

「……なるほどね。なら尚更、僕は君の話に耳を傾けるべきだな」

「どうしてですか」

「君の無意識が僕を選んだのなら、たぶん意味があることだろうから」

西橋さんの言うことはよくわからなかったけど、こうやってときどき話を聞いてもらえるのは素直にありがたいと思う。

強い肯定も否定もない彼の受け止め方は、私に考える余地をくれるから。

アン・レジーナガーデンは町の中心部から少し離れた郊外に立っていた。

駐車場からは緩やかなスロープが続いており、周囲には色とりどりのグラスやハーブ、四季咲きのバラなどがバランスよく植えられている。

「わあ……素敵なお庭。憧れるなあ」

さほど広くはないものの、花木は奥行きが出るよう高低差も計算されていて無駄がない。

　これほど手が込んだ庭は、一朝一夕で作れるものじゃないはずだ。きっと開店するまでに、長い期間を費やしたのだろう。

　入口前に並ぶ行列を見て、西橋さんが面食らったように立ち止まった。

「……凄いな。混んでるとは思ってたけどここまでとは」

「人気店はこんなものですよ。並ぶのは覚悟してました」

「そうか。普段こういう所に来ないから油断してたな」

　小さく苦笑する彼を見て、私はちょっとおかしくなってしまった。

「西橋さんってなんか、浮世離れしてますよね」

「そう？　精霊が視える君ほどじゃないと思うけど」

「わ……私は木精が視える以外は普通ですから！」

　思わずムキになった私に、西橋さんは笑いながら「そうだね」と答えた。

「君は繊細で他者の痛みに敏感な、普通のひとだと思うよ」

「……それ、褒めてます？」

「もちろん。僕にはない美点だ」

　私はちょっと前にも、似たようなことを言われたのを思い出した。自分では面倒だと思っているこの性質を、楠も「美点だ」と言ってくれたんだった。

その後三十分ほど並んで、ようやく店内に入ることができた。

映画「ローマの休日」に出てくるアン王女をイメージしたという内装は、花やレースをモチーフにした壁紙やインテリアがふんだんに使われていた。華やかで可愛くて上品な雰囲気は、確かに映画の中のオードリー・ヘップバーンをイメージさせる。

「中も素敵ですね。でも確かに男性ひとりで来るのは、ちょっと勇気がいるかも」

実際に店内を見渡してみても、女性グループかカップルで埋め尽くされている。

「場所を調べるときに、店内の写真を見かけてね。僕みたいなタイプが来るような店じゃないなって」

西橋さんは頼まれていたお菓子を購入すると、私の方を見やった。

「さて。目的は達成したし、何か食べていこうか」

「そうですね、お腹すきましたし」

私たちは案内された席で、ランチを食べることにした。注文を待つ間、喜多川家の金木犀について話すと、西橋さんは不思議そうに言った。

「どうして桂花ちゃんは自分の存在を隠したいんだろう」

「聞いても答えてくれないんです。もしかしたら、先生の奥様を悲しませてしまったことを気に病んでいるのかも……」

「でもそれだけなら、自分の存在まで隠す必要はないんじゃないかな。むしろ君を通して、喜多川先生に何か伝えることだってできるわけだし」

言われてみれば、確かにそうだった。私がいるからこそできることはあるはずだし、実際金さんの方は、自分の気持ちが先生に伝わって喜んでいたはずだ。

「何かもっと、別の理由があるように思えるけど」

「別の理由って、たとえば？」

西橋さんは少し考え込む素振りをしてから。

「そもそも、木精ってどういうきっかけで生まれるんだろう」

「それは……わかりません。聞いたことないから」

「すべての木に宿っているわけじゃないんなら、なにか〝理由〟があって彼らは存在しているはずだよね。君はそういうの気にしたことないの？」

私は答えられなかった。幼い頃から見てきた木精がなぜ存在するのかなんて、考えもしなかったからだ。沈黙する私に気づき、西橋さんはばつが悪そうな表情になる。

「……ごめん、今のは嫌な言い方だった。僕の悪い癖だ、職業柄ついつい原因を知りたくなってしまう」

「いえ、私も西橋さんに言われるまで、気にしたこともなくて……」

「物心ついたときからいるのが当たり前だったんだ。無理ないよ」

取り繕うようにそう告げると、彼は運ばれてきたスープに口をつけた。ちなみに今日頼んだのもオムライスだ。

「まあ興味本位で詮索すればいいってものでもないけれどね。ただ……なんとなく思うんだ。『桂花ちゃん』には〝介在者〟が必要なんじゃないかって」

「介在者？」

「君のことだよ」

漆黒の瞳が、私を柔らかくとらえた。その奥に見えるのは、やっぱり凪いだ海だけれど。

「世の中にはね、望む方へ自ら手を伸ばしていけるひとと、そうでないひとがいる。待つ側のひとを繋ぐために君という存在がいるのなら、それはきっと価値のあることだ」

私はグラタンをすくったスプーンを手にしたまま、西橋さんを見つめた。自分の中でぼんやりと考えていたことが、彼の言葉ではっきり形になった気がしたから。

そこでふと、西橋さんは何かを思い出したように、自分の荷物に手を伸ばした。

「忘れないうちに渡しておくよ」

店名の印字が入った紙袋のひとつを、私に差し出す。たぶんさっき買ったお菓子だろう。

「つき合ってくれたお礼」

「えっいいですよそんな。私が行きたくてついてきたんですし」

「そういうだろうと思って、二種類買っておいた。全部ひとりで食べるには多いから、僕と中身を半分ずつにしてよ。そうすれば両方食べられる」

そう言って微笑む西橋さんを見ていると、つい私も笑ってしまった。

「わかりました。じゃあ今回はそういうことにします」

自宅前まで送ってもらった私は、車から降りると西橋さんに礼を伝えた。

「今日はありがとうございました。いろいろお世話になってしまって」

「僕のほうこそ助かったよ、待つ間退屈せずにすんだ」

そのとき、にゃあという声が門扉のほうから聞こえた。庭から出てきたふくを眺めていると、西橋さんが私の顔を窺う。

「どうかした？」

「あ、近所の猫がいたので」

彼が視線をやったときには、もうふくの姿は見えなくなっていた。

「気づかなかったな」

「神出鬼没な子だから、たまに会うとなんとなくラッキーな気分になるんです」

なるほどねと微笑むと、西橋さんは「じゃあまた」と帰っていった。

家に入った私は、吉乃おばあちゃんの部屋へ向かう。足取り軽く縁側を駆け抜けると、寝ていた楠が片目を開けてこちらを見やった。

「おばあちゃん、ただいま」

縫い物をしていたおばあちゃんは、顔をあげてにっこりと笑んだ。

「はい、おかえりなさい」

「これお菓子もらったの。一緒に食べない？」

私は手にしたアン・レジーナガーデンの紙袋を掲げてみせる。

「あら、いいわねえ。ちょうどお腹もすいたし、お茶にしましょうか」

楽な格好に着替えて居間にいくと、おばあちゃんが紅茶を淹れているところだった。

熱々に沸かした湯をティーポットにそそぐ間に、私はお菓子の準備をする。

若草色の箱を開けると、中には揚げたパイ生地のようなものが、筒状に丸められて並んでいた。カフェオレ色の生地にはクリーム状のリコッタチーズが詰められていて、オレンジピールやドライフルーツがトッピングされている。

「あら、カンノーリだわ。美味しそうねえ」

「知ってるの？」

「イタリアのお菓子でしょう？　ゴッドファーザーという映画で見たわ。登場人物が毒が入っているかもしれないのに、その魅力に抗えなくて食べちゃうの。どんなに美味しいのか、ずっと食べてみたくてねえ」

そう言えば吉乃おばあちゃんは若いころから映画が好きで、その影響か意外な知識をときどき披露してくれる。

「その映画も豊おじいちゃんと観に行ったの？」

「ええ。千歳さまが満開でねえ。とっても綺麗だったからよく覚えてるわ」

千歳さまとは、この町で一番有名な桜の大木のことだ。樹齢は千年を超えると言われていて、町の住民からは「千歳桜」という愛称で呼ばれている。

老衰の影響か最近は花をつけなくなっているけれど、私が産まれた頃は満開の花を咲かせていたらしい。

「豊さんにも、食べさせてあげたかったわねえ」

吉乃おばあちゃんは懐かしそうに目尻に皺を寄せてから、カンノーリを手に取った。

二人がお菓子を食べる姿を想像しながら、私もひとつ口にしてみる。さくっとした生地と、甘くてクリーミーなリコッタチーズが、とっても幸せになる味だった。


吉乃おばあちゃんとのお茶会のあと、私は残りのカンノーリを頬張りながら、縁側に向かった。楠に今日あったことを報告したかったからだ。

先生の家でのこと、それから西橋さんに会ってからのことを伝える。聞き終えた楠は、なるほどとうなずいた。

「介在者、か。西橋殿の言う通りかもしれないな。世の中には咲のやっかいな性質に救われる者もいる」

「ねえ、楠。桂花ちゃんは、本当に私を必要としていると思う?」

「さあな。これぱかりは本人に確かめるしかない」

「だよねえ……」

私は軽くため息をつくと、庭の奥で揺れる斑入りススキを眺めた。

「頼まれてもないのに首をつっこむのって、難しいよね」

「どうした、いつもの勢いがないじゃないか」

「だって、白木蓮や槐のときとは違うもの。なにかきっかけでもあれば、話は別だけど……」

垣生先生のときは〝槐のために〟という想いがあったから、拒絶されても手を伸ばそうと思えた。でも今回は介在する理由が見当たらないし、踏み込むことが果たして桂花ちゃんのためになるのかも、わからない。

「まあそう焦るな。必要とされているなら、そのうち機は来る」

「そうだね……。うん、ありがとう」

空を見上げると、うろこ雲がゆっくりと流れていた。しばらく眺めていると、ふいに西橋さんが言っていたことを思い出す。

「ねえ、楠って吉乃おばあちゃんが生まれたときには、もう木精になってたって言ってたよね」

「ああ。それがどうした」

「精霊になったきっかけってなんだったの？」

彼はこちらを見て一瞬黙り込んだ。けれどすぐに視線をそらし、何でもないように答える。

「もう忘れたな。ずいぶん昔のことだ」

「ほんとに？　まったく覚えてないの？」

「なぜ急にそんなことを聞く。西橋殿の影響か」

図星を突かれた私は、急に恥ずかしくなってムキになってしまう。

「だって、気になるんだもの。楠って自分のこと全然話してくれないし」

「俺は俺自身のことに興味がないだけだ。話すほどのことも無いしな」

「嘘だよ。私にははぐらかしているようにしか見えないもの」

そこまで言って、はっとなる。

「……ごめん、言い過ぎた」

「いや、いい」

楠の表情に変化はなく、こちらを見つめる濃緑の瞳はいつも以上に静かだったけれど、むしろそのことが私には切なかった。怒りや呆れの感情をあらわしてくれたほうが、ずっとよかったし、心に刺さったトゲも小さくて済んだだろうから。

翌朝はもやもやした気持ちが晴れないまま、家を出た。

楠はいつも通り縁側から見送ってくれたけど、私は彼の顔を見ることができなかった。

「はあ……駄目だな、私」

いつも受け止めてくれる楠に甘えている自分が、情けなかった。

誰にでも触れられたくないことはある。私だってそのことは認めていたはずなのに、ずいぶん勝手な苛立ちをぶつけたものだ。

自己嫌悪に陥りながら講義室前の廊下を歩いていると、後ろから肩をたたかれた。

「おはよう。咲も今日は一限目からだったんだ」

親友の銅本美波が、いつもの凛とした笑みを浮かべていた。

「あ、うん……美波は実習明け？」

「まあねー。今回もだいぶ絞られたよ。体重二キロくらい減ったかも」

看護学科の彼女は今、大学病院でのスパルタ実習に奮闘しているらしい。珍しくこぼす愚痴につきあっていると、急に意味ありげな視線をよこしてきた。

「そうだ、咲。昨日イケメンと食事してたでしょ」

「え？」

美波が誰のことを言っているのか、わからなかった。でも昨日外で一緒に食事した相手と言えば一人しかいないことに思い至る。

「もしかして、西橋さんのこと？　アン・レジーナガーデンで」

「そうそう。結構年上そうだったけど、いい雰囲気だったから声かけられなくてさ」

「え、いやあの人はそういうんじゃないから。お世話にはなってるけど」

「そうなんだ？　ああいう店で楽しそうに話してたから、てっきりそういうアレなのかと」

　そう言って美波は笑いつつも、あれこれ聞き出そうとはしなかった。必要以上に詮索してこないのが、彼女のいいところだ。

「というかあの人、イケメンだったんだ……気づかなかった」

　普段人間離れした美貌(びぼう)を持つ木精を見慣れているせいだろう。彼がそれなりに整った顔立ちであることに、今の今まで思い至らなかった。

「……咲、今の発言は結構ヤバいと思うけど、まあ美の感覚は人それぞれだもんね」

「えっあっ今の発言はね、あの人の顔をよく見てなかったからで、深い意味はないの。だってだいぶ年上っぽいし、そういう対象として見てないとなかなか気づかないし」

「はいはい、わかったわかった」

　美波にあしらわれ、ますます顔を覆いたくなる。昨日から失言してばかりだ。

……そう言えば、西橋さんは恋人とかいるんだろうか。何となく独身じゃないかとは思ってるけど、それだって怪しい。彼の場合、私生活の部分がまるで見えないからだ。

「咲？　どうかした？」

「ううん、なんでもない。それより美波もあの店に来てたんでしょ。笹森君とデート？」

「まあそんなところ」

「そっかあ、仲良くてうらやましい」

笑顔でそう返しながら、胸の奥がじくりと痛む。私の顔を見つめていた美波は、ほんの少しためらいがちに口を開いた。

「……あのさ、咲。一度ちゃんと話さない？」

「何を？」

「創太のこと」

思わず見返すと、美波の顔からはいつもの陽気さが消えている。真剣さのこもったまなざしに、私は目をそらしてしまう。

「なんで？　笹森君のことを美波と話す必要なんて無いよ」

「じゃあどうして、避けるの」

「避けてなんかないよ。ここのところ忙しかっただけだから」

「ほんとに？　なら久々に三人で飲みに行こうよ。創太も咲と話したがってるし」

「しばらくはちょっと無理かな。バイトもあるし、色々やることもあるから」

美波は黙ったままこちらを見つめていたけど、やがて諦めたように小さく笑んだ。

「わかった。また暇になったら連絡して」

友人の背を見送りながら、私は再び自己嫌悪に陥っていた。私の嘘に気づいていながら、美波は責めようとはしない。いい加減見限ってもいいようなものなのに、ときどきああやって声をかけてくれる。

「美波ごめん……」

すべては私が何も言わずにいるせいだと、分かってはいる。でも今は自分の気持ちを口にできるほど、冷静でいられる自信もないし、正直なことを言えば放っておいて欲しかった。


こんな逃げてばかりの私が、本当に介在者になどなれるのだろうか——


その日の授業が終わり、私は気分が晴れないままバイトへ向かった。

植物園につくと、他のスタッフは配達やメンテナンスに出かけており、園内には喜多川先生しかいない。

「今日は東平さんに、剪根（根の剪定のこと）について教えましょうかねえ」

袴姿の先生はにこにこしながら、鉢植えの観葉植物をいくつか持ってくる。先生の説明を聞きながら、しばらくの間黙々と作業をこなしていった。

「東平さん、なにかありましたか」

　頭上から降ってきた声に、はっと顔を上げる。

「すみません、何かミスしてました？」

「いえいえ、作業は的確ですよ。ですが今日はなんだか元気が無いようですねえ」

　どうやら心の不調が顔に出ていたようで、私は顔色を悟られないよう俯く。こんなことで簡単に心配されてしまう自分の不甲斐なさが嫌だった。

「大丈夫です。ちょっと考えごとをしていただけなので」

「そうですか。あまり根詰めないほうがよいですよ。植物と同じで根詰まりしてしまいますからね」

　先生は鉢から株をゆっくり引き抜くと、ぱんぱんに張った根を見せた。

「こういうときは、思いきって絡まった古い根を切り落とし、新しい根の発生を促すのです」

　そうすることで、新たな活力が生まれるんですよ。

　先生の話を聞きながら、私は心の絡まりがほんの少しほどけていくような気がした。

「……先生はもし、誰かが助けの手を必要としているかもしれなくて、その人が自ら手を伸ばそうとしなかったらどうしますか」

「そうですねえ。時と場合によるのではないですか」

先生は固く絡んだ根を丁寧にほぐしながら、穏やかに続ける。

「誰の目から見てもその人が今すぐ助けを必要とする状況なら、悠長なことはいってられないでしょうし。そうではないのなら、〝きっかけ〟を差し出して、その人が手を伸ばしてくれるのを待ちたいですねえ」

「きっかけ……」

先生はうなずくと、静かに笑んだ。

「助けてほしいと言うのは、案外勇気のいることですから」

ふと私は、西橋さんと出会った日のことを思い出した。

あのとき彼は相談先というきっかけを差し出し、あとは私の判断に任せてくれた。

あくまで待つ姿勢だったからこそ、私は手を伸ばせたのだと思う。

（……そっか。断られたって、いいんだ）

急に視界が晴れた気がした。西橋さんがしてくれたように、私も手を差し出すだけでいい。

もし相手が手を伸ばさなくても、いつか必要になったとき、自分という存在がいるのを伝えること自体に意味があるはず。

きっとそれが、〝介在者〟としての私の役割なんだ。

「先生、今日ご自宅に伺ってもいいですか。けいか……金木犀と話したいことがあるんです」

「ええ。構いませんよ」

先生は少し面食らったようにぱちぱちと瞬きした。けれど事情を聞いてくることはなく、代わりに「そういえば」と語り始めた。

「金木犀は、私にとっても思い出の花でしてねえ」

「そうなんですか？」

「東平さんくらいの年の頃でしたか。妻とは金木犀の下で出会いましてねえ。実は私のひと目惚れだったんです」

ちょっと恥ずかしそうに話す先生はなんだか可愛くて、私は微笑んでしまう。

「素敵な話ですね」

「あの時のことを妻が覚えていたかどうかはわかりませんが、今でも金木犀が咲く季節になると思い出します。香りは記憶に結び付きやすいとは、よく言ったものですねえ」

先生がこんなふうに奥様のことを語るのは珍しかった。けれどきっと、金木犀の季節がそうさせたのだろう。

私は気になっていたことを思い切って尋ねてみる。

「あの……先生の奥様は、金木犀の結実を楽しみにしていたんですよね。雄性化したときはがっかりしたんでしょうか」

「それはわかりませんねえ。妻はあの金木犀が満開になった翌日に、逝きましたから」

まるで咲いたのを見届けるように、眠るような最期だったそうだ。桂花ちゃんが雄株になったことに奥様が気づいていたのかも、今となってはわからないという。

「そうだったんですか……。すみません、辛い記憶を思い出させてしまって」

「いえいえ。もうずいぶん昔の話ですから」

そう言って穏やかに笑む先生を見て、胸の奥がきゅうっと音を立てた気がした。最愛の人との死別をこんなふうに語れるようになるまで、いったいどれほどの時間が必要だったろう。

今の私には、想像すらできないけれど――


植物園の営業時間が終わり、私は喜多川家にお邪魔した。

なんだか押しかけたみたいで、先生にはちょっと申し訳なかった。でも週末まで待っていたらきっと金木犀は散ってしまう。

満開の間に話しておきたかったのだ。記憶を呼び起こす香りが満ちている今、この時に。

「あら、咲ちゃんいらっしゃい」

桂花ちゃんは、いつものように手を振ってくれた。私は先生に断りを入れて、二本の金木犀へ近づく。

辺りに立ち込める甘い芳香が、夕風とともに胸へ沁み込んでいった。優しさと情熱がとけあったような金木犀の香りは、ほんの少しの切なさをはらんだ秋色だ。

「あれ、金さんは？」

いつもの仁王立ち姿がどこにも見当たらない。

「彼は今、お出かけ中よ。たぶんお隣じゃないかしら」

「え、でも木精って宿木から離れられないんじゃなかったの？」

「その通りよ。でも厳密には『遠くには』となるわねえ」

桂花ちゃんは波うつ豊かな山吹色の髪を、ふわりとなびかせた。まるで金木犀の花をちりばめたみたいだ。

「どれくらい離れられるかは、個体差があるわ。でも大抵はお隣のテレビを観るくらいなら大丈夫よ」

「知らなかった……」

楠はそんなこと言ってなかったし、他の木精からも聞いたことがない。でもよくよく考えてみれば、私自身がそういうことについて尋ねてこなかったからだ。

「咲ちゃんは今日も宗一さんのお手伝いかしら？」

「ううん。今日は私、桂花ちゃんに話したいことがあって来たんだ」

あらなあに？　と彼は意外そうに小首を傾げた。

「桂花ちゃん、先生に自分の存在を隠してほしいって言ったでしょ？　私その理由をずっと考えてた。でも結局わからなくて」

「……それで？」

「あ、桂花ちゃんが触れられたくないことを、詮索するつもりはないから安心して。でも、もし……もしね」

こちらを向く綺麗なブルートパーズへ、微笑みかける。

「いつか私が必要になったら呼んでね。ちゃんと飛んでくるから」

桂花ちゃんは私を見つめたまま、沈黙していた。急に気恥ずかしくなった私は「それだけ伝えておきたかったんだ。じゃ！」と言いおいて、きびすを返す。

早足で庭を出ようとする私の背を、桂花ちゃんの声が呼び止めた。

「お待ちなさいな」

恐る恐る振り返ると、彼はやれやれといった様子で苦笑した。

「あなたねえ……。カッコいいこと言ったつもりなんでしょうけど、どうやってアタシは咲ちゃんを呼べばいいのよ」

「……あ」

そう言えば、そうだった。何も答えられないでいる私を見て、桂花ちゃんは「そこんとこ、何も考えずに来たんでしょ」とため息をつく。

図星を突かれ、私は穴があったら入りたい気分だった。その場の勢いで行動するなんて、慣れないことをするからだ。

「でもま、いいわ。咲ちゃんがアタシのことを真剣に考えてくれたのは、伝わったから」

顔を上げた私に、桂花ちゃんは揃えた指先を胸に添えて、にっこりと笑んだ。

「ありがと。ちゃんとココに響いたわ」

沈み始めた陽が、空をゆっくりと夜の色へ変えてゆく。染まり始めはまるで、金木犀の花のように、綺麗な橙黄色だ。

木の根元に腰かけた私へ、桂花ちゃんはゆったりとした口調で問いかけた。

「ねえ咲ちゃん。あなた好きな人いる？」

「……今はいない」

「じゃあ前はいたのね」

タンポポのような笹森君の笑顔を思い浮かべながら、うなずいた。

「いたけど、失恋したんだ」

「そう。アタシと同じね」

小さくつぶやいた桂花ちゃんを見あげると、綺麗な青い瞳は、どこか遠くを見ていた。

「恋っていいわよねえ。焦がれたシアワセが胸にあるだけで、生きていけるんだもの」

「……桂花ちゃんは誰に恋をしたの？」

「もう察しがついてるでしょ？　美夜子さんよ」

さらりと告白した顔には、穏やかな微笑みが浮かんでいた。

「生まれて初めてだった。アタシのことをあんなに愛して大切にしてくれたヒトは」

空が橙黄色から茜色（あかねいろ）に変わりゆくなか、桂花ちゃんはこの家に来たときのことを話し始めてくれた。その横顔は懐かしげにも寂しげにも見えて、私はまた胸の奥がきゅうっとなる。

「咲ちゃんも知ってのとおり、アタシたち金木犀は雄株の方が必要とされてる。でも宗一さんと美夜子さんはわざわざアタシ（雌株）を迎えて、結実を楽しみにしてくれてた。嬉（うれ）しかったわ、こんなにもアタシを必要としてくれるヒトがいるなんて」

美夜子さんは迎えた桂花ちゃんに毎日話しかけ、世話をし、愛情をかけてくれたそうだ。

――今日も葉の艶（つや）がよろしいですね。

――少し元気がないように見えますが、暑さがつらかったですか。

――焦らず、ゆっくり大きくなってくださいね。

「気がついたら、あのヒトの顔を見るのが楽しみで仕方なくなっていたわ」

でも夢のような時間は長く続かなかった。間もなくして、美夜子さんは病に臥（ふ）せってしまったからだ。

「彼女がもう長くないと知ったとき、アタシ思ったの。あのヒトが逝ってしまう前に、めいっぱい花を咲かせなきゃ。枝中を花で埋め尽くして、この香りを届けてあげなきゃって。そう願っていたら……いつの間にか男になってた」

雄株は雌株よりも受粉率を高めるためにずっと多くの花を咲かせる。より多く、より甘い香りの花を咲かせようと思えばこそ――

「結果的にアタシは満開の花を咲かせることができたわ。これ以上ないってくらい。それでもアタシは恥じた。宗一さんは遠い地から呼び寄せてまで迎えてくれたのよ。それなのにアタシったら、奥様に恋をしたあげく男になっちゃったんだから」

「でも桂花ちゃんが男になったのは、美夜子さんのためだったからじゃない。先生だって、ちゃんとわかってくれるよ」

私の言葉に、桂花ちゃんはゆっくりとかぶりを振った。

「宗一さんはね、とても聡いヒト。アタシが男になったことで、負い目を感じてるんじゃないかって、考えられるヒトよ」

ついでに言うとね、と彼のまなざしに影が差した。

「宗一さんは申し訳なくすら、思ってるわ。自分がここに連れてきたから、アタシがこうなってしまったんじゃないかって。だからアタシがいることなんて、知らせない方がいいのよ」

「でも……それなら、先生のせいじゃないって伝えてあげたほうがいいんじゃないの？」

ちらりと私を見やった桂花ちゃんは、はあとため息を漏らした。

「わかってないわね、咲ちゃん。アタシたち木精が宿っていること自体が、もう特別なのよ」

「……どういうこと？」

「アタシたちの多くが、どうして人の姿をしてると思う？　それはね、人間に対して強い感情を持つに至ったから。こうありたいと願う姿になってるからなのよ」

私は言葉を失った。

桂花ちゃんの話が本当なら、人の姿をした木精が生まれた理由は「人間に対して強い想いを抱いたから」ということになる。

言われてみれば確かに、白木蓮も槐もそうだった。その他の木精たちにも、何かしらの想いが存在しているってことなんだろうか……。

「きっと宗一さんのことだから、その摂理にいずれ気づくはず。そうなったら、きっとアタシが美夜子さんを思慕していたことがバレちゃうわ」

これ以上、恥を重ねたくないのだと桂花ちゃんは主張した。

彼の言いたいことは、私にも理解できる。でも本来、桂花ちゃんが男になってしまったことは、誰のせいでもない。奥様に恋をしたのだって、仕方のないことだ。

「……桂花ちゃんは雄性化したことを、後悔してるの？」

「後悔はしてないわ。でも負い目は感じてる。アタシを植えたときの二人が、どれほど楽しみにしていたか知ってるから」

私は自分が座っている場所から見える、縁側を眺めた。

縁側の奥には和室が二つ並んでいて、きっと奥様はそのどちらかで病床についていたのだろう。あそこからなら、金木犀がよく見えるからだ。

「そういえば桂花ちゃんはさっき失恋したって言ったけど、なにかきっかけがあったの？」

「亡くなる前日だったかしら。美夜子さんがアタシたちのところに来てくれたの」

もう歩くのすら辛いはずなのに、彼女は誰の手も借りずひとりでやってきたのだそうだ。

――本当にいい香り。綺麗に咲いてくれてありがとうございます。

満開に花開いた金木犀を、彼女は愛おしそうに長いこと眺めていた。まるでそれが、今生の別れであるかのように。

「そのときにね、話してくれたの。金木犀の下で、子供のころ初恋をしたんですって」

相手は自分より少し年上の、物静かで笑うと人懐こい笑顔が素敵な男の子だったそうだ。

「そして金木犀の下で、初恋の相手と再会したと言ってたわ」

「もしかしてそれって――」

桂花ちゃんはたっぷりと間をとってから、うなずいた。

「そう、宗一さんのこと」

「でも先生、言ってたのよ。妻と出会ったのは金木犀の下だったって。自分のひと目惚れだったって」

しかも奥様と出会ったのは、私くらいの年の頃と言っていた。桂花ちゃんはあらそうだったの、と微笑んでから。

「宗一さんが美夜子さんにひと目惚れしたのは、きっと本当なんだと思うわ。でもそれよりずっと先に見染めていたのは、美夜子さんの方だったのよ」

「じゃあ、先生は子供の頃に奥様と出会っていたのも知らないってこと？」

「そうでしょうね。あのとき美夜子さん〝先生には内緒ですけれど〟って笑ってたから」

そう言って桂花ちゃんは、ちょっと困ったように微笑んだ。

「アタシそれを聞いたとき、ほんと敵わないなって思ったの」

湿度の低い秋特有の風が、花をいくつか散らした。あと数日もすれば、足元は橙黄色の花弁で覆いつくされるだろう。

「どうして美夜子さんは、宗一さんに言わなかったんだと思う？」

私は奥様の気持ちになって考えてみた。ちりばめられた想いを少しずつ掬い取るうちに、胸がいっぱいになってしまう。

「……美夜子さん、先生のことがほんとに大好きだったんだね」

金木犀の下で初恋をし、再会した相手が自分のことを好きになってくれた。

どれほど夢のようで、幸せに満ちていただろう。

「好きすぎて思い出の金木犀まで植えちゃうくらいだもの。でもそういうのって、本人に知られるのはちょっと恥ずかしいもんね」

相手への想いが大きすぎて、口にすると零れ落ちてしまいそうで。自分にも覚えがあるからこそ、美夜子さんの気持ちが染みわたるように理解できた。

「そうね。美夜子さんの初恋は自分の胸だけに仕舞っておきたい、大切な思い出だったのよ」

「そっか……そんなに先生のことが好きだって告白されちゃったら、諦めるしかないよね」

「ま、元々どうこうしようなんて思ってなかったけどね。でもあの時があったから、アタシはちゃんと失恋できたと思ってるわ」

そう言い切った桂花ちゃんの表情は、どこか晴れ晴れとしていた。私が笹森君のことをこんな風に語れるようになるには、あとどれくらい時間が必要なんだろう。

「桂花ちゃん、この話先生には伝えないつもり？」

「もちろんよ。美夜子さんが天国に持って行った話だもの。アタシが軽々しく話していいなんとなく引っかかるものがあった。

確かに彼女が秘めたままにしたことを、私たちが言うべきではないのだろう。ただ私は、なんとなく引っかかるものがあった。

「……本当に美夜子さんは、先生に伝えたくなかったのかな」

どういうこと？　と小首を傾げる桂花ちゃんに、浮かんできた疑問を口にする。

「だってほんとに誰にも言いたくないのなら、どうして桂花ちゃんに話したんだろうって」

「アタシがいることなんて、わからないから言ったのよ。ひとり言と同じだわ」

本当にそうだろうか。当時の美夜子さんは歩くのもままならなかったはずで。

それなのに一人でこの場所へやってきたのには、何か理由があったように思えてならないのだ。

「ねえ、桂花ちゃん。美夜子さんに何か言われなかった？　どんな小さなことでもいいから思い出してみてよ」

そう言われてもねえ、と思案していたけれど、やがて何かに気づいたような表情になる。

「そういえば……あの時美夜子さん、アタシを見て言ったわ。『空と同じ色ですね』って」

「空と同じ……」

「アタシてっきり、花の色が夕焼けの始まった空みたいだって、言われたんだと……。でもよくよく考えてみたら、確かあの時は昼で、雲一つない秋空が広がっていたのよね」

「……もしかしたらそれって、桂花ちゃんの瞳のことだったんじゃない？」

私たちは顔を見合わせた。澄んだ青空のような瞳が、驚きと戸惑いの色で染まっている。

「そういえば、吉乃おばあちゃんが言ってた。現世との境が曖昧になったとき、人ならざるものが視えることがあるのよって……」

命が尽きようとしていた美夜子さんには、もしかしたら桂花ちゃんの姿が見えていたんじゃないだろうか。満開に咲いてくれた金木犀に礼を伝えたくて、溢れる想いを伝えておきたくて——話しかけたのだとしたら。

「私、思うんだ。奥様が桂花ちゃんを見て、どうしても最後に伝えておこうと思ったんだとしたら、それって遺言じゃないかなって」

その言葉に、ブルートパーズの瞳が揺らいだ。

美夜子さんが亡くなっている以上、何が正解なのかは誰にもわからない。残された私たちにできることなんて、本当は何もないのかもしれない……けれど。

私は、諦めたくなかった。

故人の想いを拾い集め、そこから紡がれる物語が何かを変えることもあるはずだから。

「桂花ちゃん、やっぱり先生に伝えようよ」

「でも……やっぱり不安なのよ。アタシが宗一さんと話すことなんて、美夜子さんは望んでないかもしれないし」

ためらう桂花ちゃんの気持ちは私にだってわかる。でもだからこそ、言ってあげたかった。

私と同じように、先生を敬愛してやまないあなたに。

「きっと先生は、桂花ちゃんが存在していることを知ったら嬉しいよ。だって奥様が愛したのと同じように、金木犀も奥様を愛してくれてたんだよ。嬉しいに決まってるじゃない！」

「東平さんの言う通りですよ」

聞きなれた響きに思わず振り向くと、物陰から喜多川先生が姿を現した。

「先生！　いつからそこにいたんですか？」

「すみません、盗み聞きはよくないと分かってはいたのですが。おそらく、若い金木犀と話をしているのだろうと思ったもので」

申し訳なさそうに謝る先生に、私は唖然とした。先生は桂花ちゃんがいる方を見つめると、穏やかに問いかけた。

「いるのですよね？　若い金木犀にも木精が」

私が答えられずにいると、先生はいいんですよと微笑む。

「若い金木犀に精霊が宿っていることは、薄々気づいていましたから」

その言葉に、今度は桂花ちゃんが驚きの声をあげた。

「どういうこと？　アタシの姿が宗一さんにも見えてるってことなの？」

「もしかして、先生も木精の存在がわかるんですか？」

いえいえと先生はかぶりを振ってから、咲き匂う花々を見あげた。

「妻が亡くなるとき、うわごとのように言ったんです。あの木には空色の目をした綺麗なひとがいると」

それって、やっぱり桂花ちゃんのことだ。確信する私の傍らで、先生は香りに酔いしれるように瞳を閉じた。

「あれからずっと、その意味を考えていました。東平さんの話を聞いて、ようやく理解できたのです」

「そっか……だから先生は『ようやくあなたのような人に出会えた』と言ってくれたんですね」

「ええ。本当に、運命的なものを感じました。話してくれた東平さんに、私はとても感謝しているのですよ」

そう言って微笑む先生を見ていると、私はこみ上げるものを感じた。迷いながらの決断だったけれど、打ち明けたことは間違っていなかった。心からそう思えたから。

「なぜ、東平さんが若い金木犀に宿った精霊のことを話さないのか、あるいはもういなくなってしまったのか……気になってはいたのですが。いずれ機が来れば、話してくれるだろうと思いまして」

「……桂花ちゃん。もう、話してもいいよね？」

見やった先で、彼はゆっくりとうなずいた。たおやかな面差しに迷いの色はもうない。

私は桂花ちゃんのこと、雄性化したいきさつ、そして奥様が最後に語ったことを話した。

先生はときおり頷(うなず)きながら、目尻(めじり)に刻まれた皺(しわ)をいっそう深くして聞き入っていた。

すべて聞き終えたあと、先生は桂花ちゃんがいる方へ向き直った。

「妻のために尽くしてくださり、ありがとうございました」

「宗一さん……」

先生は丁寧にお辞儀をしたあと、顔いっぱいに笑みを浮かべた。

「私は心から、あなたを誇らしく思います」

その秋晴れのような笑顔を見て、ブルートパーズの瞳から宝石のような涙がいくつも、いくつもこぼれ落ちた。

「主（あるじ）っ……なんと尊い!!!!」

まったく空気を読まない勢いの声に振り向くと、垣根の合間からばーんと現れたカピバラ（♂）が、ぷるぷる震えていた。

「き……金さん、帰ってきてたんだね」

「わしは今、感動に打ち震えておる。先刻見終わった水戸黄門（みとこうもん）の最終回より素晴らしい」

小動物的な動きで駆け寄ってきた金さんは、先生に一礼をしてから、桂花ちゃんへふっと笑みを浮かべた（ように見えた）。

「よかったではないか、桂花。長きにわたる胸のつかえが取れたであろう。わしも嬉しいぞ」

「金さあああん！」

桂花ちゃんは金さんに抱きつくと、まるで子供のように泣き始めた。

カピバラにすがって泣く美女（♂）を先生に見られないでよかったのか、いっそ見てもらったほうがよかったのかは、わからない。

でも先生はにこにこしているし、金さんも桂花ちゃんも幸せそうだから、もうなんだっていい気がした。それくらい、私も幸せな気持ちになったから。

縁側に面したガラス戸を開け放った先生は、そこから金木犀たちへ呼びかけた。

「これからも美しい花と香りを届けてくださいね。妻も私も楽しみにしていますよ」

その隣で美夜子さんが笑ったような気がしたのは、きっと私だけじゃないだろう。

空には星が瞬きはじめ、金木犀の姿もすっかり宵闇に溶け込んでいた。けれど辺りに立ち込める芳香はさらに濃く、存在感を増してゆく。

今宵は甘い香りに酔いしれながら、幸せな思い出にひたれますように。

そう小さく願いながら、私は喜多川家をあとにした。


帰り道は、妙に落ち着かなかった。

一日の間にさまざまな感情が行き交いすぎて、気持ちの置き所が定まらない。たぶん多くの人は時間の経過とともに静まってくるんだろうけど、私の場合ふわふわした状態が長引いて夜も眠れなくなってしまう。

こうなることは時々あって、いつもなら真っ先に楠と話して心の着地点を見つけてきた。けれど昨夜の一件で、彼への罪悪感があったせいだろう。私はまっすぐ家へ帰る気になれず、あてもなく街をぶらぶらしながら、気づけば西橋さんへの通話ボタンを押していた。

『直接かけてくるなんて珍しいね。どうかした？』

電話に出た西橋さんはいつも通りの調子で、私の話を聞いてくれた。感情があちこちしているせいで私の話はまとまりがなく、わかりづらかっただろう。でも彼は私のテンションに引きずられることなく、凪（な）いだ海のまま相槌（あいづち）を打ち続けてくれた。

　思いつくままに話し続けているうちに、だんだん心がなだらかになっていくのを感じる。

「……すみません、勢いで電話してしまって。色々あったから、誰かに聞いてもらわないと落ち着かなくて」

『いいよ。そのために僕がいるんだし』

「西橋さんって、さすがですね」

『うん？』

「いつもなら先にメッセージで要件を伝えてから連絡する私の習慣を、覚えてたんですよね？　様子が違うのを見抜いてたみたいだから」

『まあ職業的にそういうのには敏感になるからね。あとは経験かな』

「私もそんなふうに気づけたらいいのになあ。そうすれば、悩みも減るかもしれないし」

『気づけたら悩みが減るかどうかは、別問題だけどね』

　西橋さんは小さく笑った。

『気づいていても何もできない時もあれば、気づかないふりをすることもある。気づいた先のことを悩むほうが、多いかもしれない』

「そっか……年齢や経験を重ねるって大変なんですね」

『随分年寄りな扱いだけど、僕はまだ三十になったばかりで、医師としても去年研修期間が終わったばかりの新米だからね』

　さらりと告げられた様々な事実にちょっと驚いたりもしたけれど、今年二十歳を迎えたばかりの私からすれば、彼は大人で自分の未熟さを痛感してしまう。そう伝えてみると、静かな声音で『そんなことないよ』と返ってきた。

『桂花ちゃんと喜多川先生、そして美夜子さんを本当の意味で繋いだのは君だよ。誰にでもできることじゃない』

「……私、自分の性格がちょっとだけ好きになれた気がします」

　あれこれ考えすぎてしまうところも、感化されやすいところも。誰かのために活かせたと実感できるようになったのは、楠や西橋さんのような第三者が認めてくれたからだ。

　そういえば二人には、共通点があることに気づく。

　楠も西橋さんも感情の起伏が緩やかで、激したところを見たことがない。そのぶん何を考えているのかわかりづらいけれど、彼らの持つ安定感に私はつい手を伸ばしてしまうのだろう。

　いつか、私も二人の役に立てるようになりたい——心からそう思い始めていた。

　自宅に帰った私は、いつものように吉乃おばあちゃんとご飯を食べ、後片付けを済ませた。

こっそり縁側をのぞくと、楠が今夜も月を眺めている。中秋の名月はもう過ぎてしまったけれど、秋夜の月は本当に綺麗だ。

「楠って月を見るの好きだよね」

こちらを向いた濃緑の瞳（ひとみ）は、月光を取り込んだかのように青白い光を帯びている。

「昔、大きな河の傍らで満月を見たことがある。水面（みなも）に月の光が反射して美しくてな」

「じゃあ今夜も、そのとき見た景色を思い出してたんだ」

私は楠の隣に座ると、同じように月を見あげた。輝く満月を見つめていても、私の中にはまだ思い起こされる景色はない。

長い時を生きる中で、彼はどれだけの季節を見てきたのだろう。私の知らない時間を、どんなふうに過ごしてきたのだろう。

年を重ねるうちに、私にも忘れられない景色や香りが折り重なっていくのだろうか。そう思うと、長く生きられる木精を少し羨（うらや）ましくも思った。

「……あのね、楠」

「なんだ」

私は小さく息を吸うと、相手に向き直った。

「私じゃ頼りないかもしれないけど……。もしいつか、楠が助けてほしいと思うときが来たら、ちゃんと頼ってね」

しばらくの間、楠は黙っていた。やがてふっと笑みを漏らすと、私の頭をぽんとやった。

「随分と生意気をいうようになったな」

「私ももう大人ですから」

「そうだったな。人間の時の流れは早い」

そう呟く横顔はどこか寂しげにも見えたけれど、声は穏やかだった。気恥ずかしくなった私はふと、思い至る。

「そっか……美波も同じだったんだ」

煩わしいとすら感じていた親友の誘い。でも彼女はきっと、待ってくれているのだ。いつか私が手を伸ばせるようになるまで、何度断られても時おりきっかけを差し出して。

西橋さんのようにスマートじゃないのも、考えてみれば当然だ。経験値が違うのは私だって同じなのだから。

私はスマホを取り出すと、通話アプリを立ち上げメッセージを打ち込んでいく。

『美波、この間はごめん。色々ちゃんと話すから。もうちょっとだけ、待ってくれる？』

深呼吸して、送信ボタンを押す。数分後、通知音が鳴った。

『あたりまえじゃん。いつまでだって待つよ』

同時に送信されてきたスタンプを見て、笑ってしまう。

画面の中央では、やたらと顔の濃いカピバラが「友達だろ？」とサムズアップしていた。

なんだ、こんな簡単なことだったんだ。

西橋さんが言った通り、ちゃんと話してみれば案外大したことじゃないのかもしれない。でもその最初の一歩を踏み出すのに、多くの人は時間がかかってしまうのだろう。

「……あれ？　ちょっと待って」

美波が送信してきたスタンプにもの凄い既視感をおぼえた。この顔どこかで……

「金さんだ！」

私はあわててスタンプの情報を確かめてみる。「イケてるカピバラ」と銘打たれたそれを検索してみると、あるアニメがヒットした。

『隣のカピバラくん』というアニメは元々深夜帯に放送されていた知る人ぞ知るマニアックな作品だったらしい。でも昨今のゆるキャラブームの影響か、三年位前からじわじわと人気が出てきたと書かれている。こういう方面に疎い私は、まったく知らなかった。

「でも金さんってもっと前からいたはずだよね。なんで最近のアニメキャラの姿をしているわけ……？」

そこでふと、ある仮説が私の中に湧き上がった。隣でごろ寝を始めていた楠に、恐る恐る問いかける。

「ねえ……楠。もしかして木精って自分の意思で姿を変えられたりするの？」

「知らなかったのか？」

「知らないよ！　初耳だよ！」

楠は何でもないと言った調子で返した。

「まあ自分の姿をころころ変えるやつなんて、そういないからな。物好きだけだ」

ちなみに後で確認したところ、金さんがカピバラになったのは最近のことだそうだ。

以前はパンダだったり、コアラだったり……ちなみに奥様が亡くなった頃はウーパールーパーだったそうで、あの日（亡くなる前日）は空気を読んで黙っていたせいで、いることに気づかれなかったらしい。

なぜ頻繁に姿を変えるのかについては、「その時己にもっとも相応しいと判断した姿」になっているんだとか。何を言ってるのかわからなかったけれど、桂花ちゃんいわく「愛されキャラのブームに乗っかってるだけよ」だそうだ。

木精について、まだまだ知らないことが多すぎる……そう思い知った、秋の夜長だった。

第四章
満天星――ドウダンツツジ――「節制」

君と同じ景色を見られたことは
きっと、奇跡と呼んでいい

「私の失恋話を聞いてほしいんです」

紅葉が日に日に深まりを見せる、初冬の昼下がり。

アン・レジーナガーデンのカフェテラスで、私は西橋さんと向き合っていた。

「……僕が？」

ベージュのアランニットを着た彼は、真剣な表情で依頼する私を見つめた。

「はい、西橋さんにお願いしたいんです」

はっきり頷いてみせると、本気だと理解したんだろう。軽く小首を傾げながら、ためらいがちに切り出す。

「それは別にいいけど……他に適役がいるんじゃないかな。僕はそういう話には疎いし」

「いえ、西橋さんだからこそ話せる気がするんです。誰にも話せなかった木精のことだって話せたんだもの」

「ということは、今まで誰にも話してないってこと？」

私は再度頷く。

「はい。失恋したってことは桂花ちゃんに伝えたけど、詳しい話は誰にも」

「それはどうして？」

「察してください。色々と」

彼は小さくため息をつくと、運ばれてきたばかりのコーヒーをひと口飲んだ。

その様子を見守りつつ、貴重な休みにこんなことで呼び出して申し訳ないと思う。

「……わかった、とりあえず聞こう」

こちらを見やる表情はいつもの凪いだ海で、私は内心でほっとする。明らかに迷惑そうな顔をされたら、たぶんまた口を閉ざしていただろうから。

笹森君に失恋してから、もうすぐ一年が経とうとしている。

この傷は一生消えないんじゃないかと思うくらい苦しかったけど、最近は自分の感情に向き合う気持ちが出てきていた。時間がささくれた心を和らげていったのと、木精たちとの日々、そして新たな出会いが私に変化をもたらしてくれたのかもしれない。

話し相手に西橋さんを選んだのは、他に適任が見当たらなかったからだ。

大学の他の友人には言いたくなかったし、家族みたいな楠や師匠である喜多川先生に失恋の相談はしづらい。ちょうどいい距離間の彼なら、ちょうどいいスタンスで私の話を捉えてくれるんじゃないかと思ったのだ。

「――なるほどね。本来なら一番相談に乗ってもらいたい相手が、恋敵だったってわけか」

事のあらましを聞いた西橋さんの反応に、私は抗議した。

「敵とかいうのやめてください。美波は私にとって大切な親友なんですから」

「じゃあなんて言えばいい？」

「えっと……選ばれし者とか？」

しまったと思ったのと、西橋さんが吹き出したのはほぼ同時だった。

「ごめん、ちょっと面白すぎた」

「いいです、私も言ったあとに勇者かよ！　って内心ツッコミ入れましたし……」

彼は珍しく笑いをこらえきれない様子で、口元を手で覆ったまま震えている。

たぶん気を遣ってくれているんだろうけど、いっそ大笑いしてくれた方がありがたい気分だ。

「……それから結局、親友にも彼にも自分の気持ちは隠したまま、距離を置くしかなくて。ここまで来てしまいました」

「なるほどね。それで、東平さんはどうしたいの？」

私はカフェモカを口に含むと、うーんと唸った。

「よくわからないんです。そこのところが、自分でも整理できてないっていうか」

美波にもちゃんと話すと伝えておきながら、何を話せばいいのかわからないでいる。

西橋さんは軽く腕を組むと、こちらを見やった。

「君もわかってるとは思うけど、もう元の関係に戻ることは無理だよ。人の感情はそんなに簡単じゃない」

はっきりと言い切られ、胸に風穴をあけられた気がした。

西橋さんの言うことはたぶん本当で、心のどこかで私も気づいていたことだ。

「少し形を変えてでも二人との付き合いを続けていくのか、いかないのか。君がどうしたいかじゃないかな」

私はカップに視線を落とすと、軽く深呼吸した。ずっと見ないようにしていた本音を、感情の底から恐る恐る掬いあげてみる。

「……私、心のどこかで期待してたんだと思います。笹森君が私を選んでくれるんじゃないかって。でも実際は違ってて……」

そう口にしたら、涙がじわりと滲んできた。胸の奥が踏みつけられたように苦しい。

「自惚れてた自分が、ものすごくみじめで恥ずかしかった。そういう気持ちを二人に知られたくなくて、ずっと避けていたんだと思います」

「わかるよ。自分を理解してくれている相手だからこそ、悟られたくないことってあるからね」

西橋さんの言葉に頷いてから、思ったままを口にする。

「二人を見るのは正直言って辛いです。嫉妬する自分を見たくないし、二人に気を遣われるのも嫌だし……」

いっそ彼らが酷い人間ならよかったのに。そうすれば、笑顔で去ることもできただろう。

「でも私やっぱり美波のことも、笹森君のことも好きなんです。嫌いになんてなれないから、苦しいんです」

西橋さんは漆黒の瞳をカップの底に向けたまま、沈黙していた。その間に頼んでいたチェリータルトが運ばれてきたので、彼の前にそっと差し出しておく。

「――何もかも話せばいいわけじゃない。でも言葉は尽くすべきだと、僕は思う」

見あげた先で、視線がぶつかった。彼の瞳がじっとこちらを捉えていた。

「君が何も言わず身を引きたいのなら、そうすればいい。しばらく距離を置いて、時間が解決するのを待つのだっていいと思うよ。ただこの先も二人と親しい関係を続けていきたいのなら、言うべきことはあるんじゃないかな」

「でも……伝えたら二人を傷つけませんか」

「傷つけるかもね。だからといって黙ったまま察してくれというのも、無理な話だろう？」

何も言えずにいると、西橋さんは言葉を選ぶようにゆっくりと告げた。

「東平さんと彼らは別の人間だ。大事なことは言わなきゃ伝わらないよ」

その口調は淡々としているけれど、真摯さがこもっていた。

私の子供じみた失恋話に、この人はちゃんと考えて答えてくれたんだ。そのことがなんだか嬉しくて、またちょっと泣きそうになってしまう。

顔を見られたくなくて、私はテラス前に広がるイングリッシュガーデンへ視線を移した。

冬が始まった庭は立ち枯れたアナベルや宿根草がアンティークなオーナメントを引き立てている。敢えて刈り取らないことで、独特の味わい深さを引き出すのだそうだ。

その合間で目を惹くのが、深く色づいたグラスや落葉樹たち。赤やブロンズカラーに染まった葉は、ときに花よりも美しく見える。

「冬は花が少なくて寂しいけど、こういうお庭も素敵ですね」

「そうだね。あまり花には興味なかったけど、最近は良さが分かるようになってきたよ。君の影響かな」

そう言って微笑む横顔を見て、ふと私は綺麗だと思った。人間離れした美形というわけじゃないけど、男性にしては細い首筋や、長いまつ毛の下からのぞく憂いを帯びたようなまなざしからは、異性を惹きつける魅力を感じる。

今まで私が気づいていなかっただけで、この人に心奪われた女性はきっと少なくないんだろう。

「……西橋さんは失恋したことありますか」

彼は視線をガーデンに向けたまま言った。

「あるよ。それなりにね」

「立ち直るのにどれくらいかかりました？」

「どうかな。今も立ち直ってないかもしれないし」

「え？」

その時、甲高い声がどこからか響いた。

「あら？　クロ先生じゃない？」

声がした方を振り向くと、中年の女性二人組が、こちらを見て目を丸くしている。

「ほんとだわ、黒くないから全然気づかなくって！　西橋先生、うちのおばあちゃんがいつもお世話になってますぅ」

店中に響き渡るほどの声で、二人は西橋さんにかわるがわる声をかけていた。話を聞く限り、彼女たちは西橋さんが勤める垣生(はぶ)医院に通っているんだろう。彼の方も当たり障りない挨拶(あいさつ)を返している。

「こちらのお嬢さんは妹さん？　まさか彼女さんじゃないわよねえ」

「ずいぶんお若そうだものねえ」

ちらりと私を見やる二人の目には、好奇の色が浮かんでいた。私が答えるより早く、西橋さんが口を開く。

「すみません、プライベートなことですので」

穏やかにそう告げると、彼女たちはばつが悪そうに顔の前で手を振った。

「あら！　私ったら失礼を」

「ごめんなさいねえ、デートの邪魔して」

笑いながら店を出ていく背を見送りつつ、尋ねてみる。

「あの……私、迷惑かけてませんか？」

彼はタルトにフォークを刺し入れながら、何でもないように言った。

「詮索されるのが迷惑なら、ここに来てないよ」

「……西橋さんって、ほんと動じませんよね。さっきだって、デートだとか言われたらちょっとくらい焦りそうなものなのに」

「まあ別にそう思われても構わないしね」

どきっとして思わず彼を見つめたけど、相手の表情に変化はない。いったいどういう意味で言ったのか気になる……けど、何でもないような答えが返って来そうでやめておいた。


帰りは車で送ってくれるというので、甘えることにした。

店の外に出ると、暖かい日差しが冷え込んでいた大気をすっかり和らげている。こんな冬晴れの日は、どこかへ出かけたくなってしまう。

噴水時計のある公園前を通りかかったとき、春に白香さんと会ったことを思い出した。

「そうだ、西橋さん。まだ時間ありますか」

「今日は特に予定ないけど、どうかした？」

車窓から見えるブナやミズナラの並木を指さす。ドングリの木は公園の定番だ。

「あの公園に紅葉がもの凄く綺麗で、木精も宿ってる木があるんです。満天星っていうんですけど、ほんとに綺麗なのでよかったら見に行きませんか」

十歳も年上の男性をこんなにも気軽に誘っている自分が、ちょっと不思議だった。普段の私は、友人相手でさえ断られるのが苦手で自分からはあまり誘わない。それなのにこの人に対しては、なぜかそういう心のハードルが下がってしまう。

駐車場から公園入口へ向かう間、西橋さんがスマホの画面を見てつぶやいた。

「ふうん、ドウダンツツジって『満天星』って書くんだ。当て字だろうけど、なんでこの字を使うんだろう」

「ああ、それはですね。中国の古い伝説から来ているんです」

遥か昔、太上老君という仙人が霊薬をつくるときに、誤って霊水をこぼしてしまったそうだ。その霊水がこの木に降り注ぎ、満天の星のように美しく輝いたと言われている。

「満天星は春に白くて小さい花が枝いっぱいに咲くんです。その様子を満天の星にたとえて、伝説が生まれたんだとか」

「なるほど。紅葉の季節だけじゃなく、花の季節も見頃だってことか。贅沢だね」

「はい。花は目立つわけじゃないですけど、清楚な感じがして私は好きです」

園の入口が見えてきたとき、急に西橋さんは立ち止まった。電話がかかってきたようで、何ごとか会話を交わして通話を終えると、こちらを振り向く。

「ごめん、院長から電話があってね。僕が担当している患者が急患で診てほしいそうなんだ」

「あっそうなんですね！　じゃあすぐに行ってあげてください。私は大丈夫ですから」

「でも……」

「ここからならバスで帰れますし、満天星に会っておきたいので」

きっぱりそう告げると、彼はひと呼吸おいてから「わかった」と頷いた。きびすを返す背を、慌てて呼び止める。

「西橋さん、今日はありがとうございました。私これからどうするか、もう一度ちゃんと考えてみます」

振り向きざまに彼は微笑んだ。今日もさざ波のような、淡い笑みだった。

一人になった私は、そのまま園の入口へ向かった。

すっかり湿度をなくした大気が、地面に折り重なった落ち葉をかさかさと揺らす。

満天星は敷地に入ってすぐの位置に植えられているため、足を踏み入れると同時、鮮やかな深緋色が私の視界に飛び込んでくる。

「わあ……凄い」

木丈は私の背より少し大きいくらいだけど、こんもりと茂った葉のひとつひとつが、見事なまでに赤く色づいている。遠くから見ると大きな炎があがっているみたいで、「燃えるような紅葉」というのはまさにこういうことを言うんだろう。

しばらく惚けたように見とれていると、ふいに寂しさが胸をよぎった。

「……やっぱり西橋さんに見せたかったな」

この心奪われる景色を誰かと分かち合いたかった。

なにより夜の海を映したような瞳に、深紅の万葉が映り込むさまを、そのまなざしがどんなふうに咲いてゆくのかを、知ってみたかったのだ。

想像以上に残念に思っている自分を持て余していると、並木の奥から声をかけられた。

「おぬしか。久しいな」

すらりとした袴姿の女性。

切れ長の大きな眼が、こちらを向いていた。燃えるような赤い瞳に捉えられると、思わず背筋が伸びてしまう。

「こんにちは、満天星。今年も見事な紅葉だね。思わず見とれちゃった」

「ああ。ここ数日の夜気が深く色づかせてくれたようだ」

彼女が宿木を見やると、深紅の長いまっすぐな髪がなびいた。そのたびに金平糖のような白くて小さな光の粒が、舞う。

その凛とした佇まいや、一分の隙を感じさせない美貌はちょっと近寄りがたくさえあるけれど。

「今日は楠殿は連れだっておらぬのだな」

「うん。ほんとは別の人と来てたんだけど、急用で帰っちゃって」

「ほう、珍しいな。おぬしが人間とここへ来るのは」

意外そうな顔をされ、私はなんと答えていいか言葉に詰まってしまう。しどろもどろになっている私をよそに、満天星は心ここにあらずと言った様子でため息をついた。

「……どうしたの？」

「そろそろ奴が来る頃だと思ってな」

「やつ？」と聞き返す私に、彼女は何か閃いたように瞠目した。

「咲殿。私は今難儀しておる。すまぬが手を貸してくれぬか」

「……不審者？」

聞き返す私の前で、満天星が憮然と首肯した。彼女の話によると、最近毎日のように怪しい男がこの公園へやってくるのだそうだ。

「そやつは毎日小汚い風体で現れては、私の前でわけのわからぬことを始めるのだ。不快極まりないだけでなく、なによりこの地を訪れる者の安寧が脅かされるのは我慢ならぬ」

いったいその人は何をしているのだろう。明らかにヤバい人だったら、すぐに警察が呼ばれそうなものだけど……

「それで、満天星は私にどうしてほしいの？　まさかその人を追い出せって言うんじゃ……」

「その通りだ。奴がこの地に足を踏み入れる限り、危難が去ることはない」

「いや、でも……」

「私が手を下せるならおぬしには頼まぬ。そうでないから、こうして頭を垂れておるのだ」

全然頭を下げる雰囲気じゃなくて、むしろ圧が凄いけど、満天星なりに真剣に頼んでいるのだろう。

その男性がどういう人物なのかもわからないし、正直言って気は進まなかった。でも本当にその人が不審者なら、何もしないまま断るわけにもいかない。

「わかった。とりあえず、その人が何をしているのか確かめてみないと。どうするかはその後に考えてみるよ」

「おそらくじきに現れるはずだ。そこの長椅子からならよく見えるだろう」

彼女が指した先を見やると、少し離れたところにベンチがあった。周囲に人影はなく、私はひとまずそこに腰かけ、男性が現れるのを待つ。

（……やっぱり、西橋さんと来ればよかった）

噴水時計がある広場の方は、人の数もそれなりにある。でもここは入口から広場へ続く遊歩道のため、とどまる人もほとんどいない。

もし本当に不審者だとしたら、私一人で相対することになるかもしれない。楠もいないし、不安ばかりが募っていく。

十分ほど経った頃だろうか。満天星の「来たぞ」という声に、はじかれたように顔を上げた。

園の入口から、ひょろりと背の高い男性が歩いてくるのが見えた。無造作なアッシュブラウンの髪に、無精ひげ。ダメージジーンズというやつだろうか、所々破れたジーパンを履き、もうだいぶ寒いというのに上半身はなぜかTシャツを着ている。

年齢は四十代後半……くらいだろうか。彼は満天星の前までやってくると、しばらく木をじっと見つめていた。その様子を忌々しそうに見やる精霊がいるなんて、知る由もないんだろう。

やがて手に持っていた黒いケースを地面におろすと、中に入っていたものを取り出す。

それが何かは、遠目からでもはっきりわかった。アコースティックギターだ。

（あれ、もしかしてこの人……）

私の予想通り、彼は満天星の前で突然ギターをかき鳴らしはじめた。辺りに広がる軽快なメロディは、私でも知っている有名なポップス曲だ。確か十年くらい前に流行(はや)った気がする。

前奏が終わり、よく知ったフレーズが彼の口から飛び出した。私は思わずその人の顔を見つめる。

もの凄い音痴だった。

たぶん前奏を聞いていなかったら何の歌かわからなかっただろう。

(ギターはそれなりに上手(うま)いんだけどな……)

あまりの音程外れっぷりに、道行く人たちのなかには二度見したり吹き出したりする人もいる。路上ライブをしている人を何度か見たことがあるけど、ここまで下手な人は初めて見た。

案の定、満天星は宿木の奥に引っ込んでこめかみを揉(も)んでいる。

彼女にしてみれば、この男性は自分の前でおかしなパフォーマンスをする不審者にしか見えないんだろう。

いたたまれなくなった私は、本を読むふりをしてなんとかやり過ごすことにした。その人は同じ曲ばかり一時間近く歌ったあと、ギターを仕舞い、急にこちらへ近づいて来た。

（え、嘘でしょ？）

もしかして、観覧料でも取るつもりだろうか。ぎょっとして固まっていると、彼は私をじろじろ眺めまわしてから「……里奈か？」と口にする。

里奈？　この人の知り合いだろうか。

「いえ、違います」と応えると、彼は「んなわけねーよな」と呟き、そのまま背を向けた。

男性が出ていったのを見届けたあと、私は大きく息を吐いた。緊張のあまり、手の平は汗でじっとりしている。

「話しかけられたときは心臓止まるかと思った……」

気持ちを落ち着かせるために深呼吸していると、いつの間にか傍に来ていた満天星が、忌々しげに言い放った。

「見ただろう、奴の蛮行を。あれを放っておくわけにはいかぬ」

「えっと……とりあえず、あの人は不審者ではない、と思う。たぶん」

私の返答に、彼女は片眉を上げた。

「おぬし、まことにそう思うのか？　なぜだ」

「うんとね、説明しづらいんだけど……。彼はあそこで歌ってるだけで、誰かに危害を加えるつもりはないと思うよ」

「なんのためにだ。聞く者などおらぬのに」

確かに、たくさんの人に聞いてもらいたいのなら、中央広場で歌ったほうがいい。ここはほとんどの人が素通りするだけだし、わざわざ立ち止まって聞いてもらうにはそれなりに上手な人でないと難しいだろう。

「あの人はいつも、満天星の前で歌うの？」

「ああ。目障りでたまらん」

彼女はうんざりした表情で、男性が去った方向を見やる。

「私の紅葉が進みだした頃から、ああして毎日やってきてはわけのわからん歌をうたい続けておる。しかも同じ曲ばかりだ」

確かにあのクオリティで同じ歌を延々聞かされ続けるのは、苦行に近いかもしれない……。満天星に同情しつつ、ふと気づいた。

「もしかしたらあの人、練習しに来てるのかも」

それならずいぶん昔に流行った曲を、何度も歌う理由になる。人通りが少ない場所の方が、むしろ好都合だろう。

「でもなんか……しっくりこないんだよね」

私の呟きに、満天星が「どういう意味だ？」という視線を投げかけた。

「練習するなら近くに河川敷もあるし、もっといい場所があるのになって。それにさっき呼びかけられた名前も気になるし」

あの人は何か他に理由があって、この場所で歌っているんじゃないか。なんとなくだけど、そんな気がするのだ。

「気になることはあるけど……とりあえず、歌ってるだけじゃ追い出すわけにもいかないし。私にはどうすることもできないよ」

それを聞いた満天星は、明らかに落胆の色を浮かべた。

「おぬしならば、と思ったのだがな。まあここを訪れる者に危害を及ぼす恐れがないのであれば、致し方ないのかもしれぬが……」

ただし、と彼女は鋭いまなざしを向けてくる。

「本当に奴が無害なのか、確たるものはない。後日もう一度ここへ来て、見極めてくれぬか」

「……わかった。私も言った手前、気になるしね」

今度は誰かに頼んで一緒に来てもらおう。自分だけの判断では、やっぱり不安だから。

家に帰った私は、玄関へ続く小路(こみち)から庭をのぞいた。

南に面した縁側の陽だまりに、見慣れた茶トラ猫が座っている。その隣に腰かけていた楠が「お帰り」と片手を挙げた。

「ただいま、楠。ふくも来てたんだね」

私の呼びかけにふくはにゃあと応えた。歩み寄って耳の後ろから顎にかけてわしゃわしゃと撫でおろすと、気持ちよさそうに目を細める。

「あ、前に楠が言ってた〝ここを訪れる者〟って、もしかしたらふくのこと？」

「ああ。来客のひとりに違いないな」

「そっか。ふくも昔からここにいるもんねえ」

額を人差し指でこちょこちょやってから、玄関へ向かう。引き違い戸を開けると上がり框のところに、吉乃おばあちゃんが立っていた。

「ああ、おばあちゃんただいま。そこにいたんだね」

「お帰りなさい、咲ちゃん。お出かけは楽しかった？」

「うん。この間のカンノーリをお土産に買ってきたよ」

アン・レジーナガーデンの紙袋を差し出すと、おばあちゃんはにこにこと「じゃあお茶にしましょうかねえ」と台所へ向かう。

私はラフな格好に着替え、いつものようにお茶の準備を手伝った。紅茶を淹れる途中、ふいにおばあちゃんが手を止めて私を見る。

「ねえ、咲ちゃん」

「うん？」

「楠さまとお話してたの？」

ケーキ皿を持ったまま、思わずおばあちゃんを見つめた。

深い皺の間からのぞく瞳に恐れや疑いの色はなく、ただ純粋に問いの答えを知りたがっているように見える。

「え……おばあちゃん、知ってたの？　私が木精と話せるってこと」

「ああ、やっぱりそうだったのねえ。時々咲ちゃん、誰かとお話しているようだったから」

大きくうなずくおばあちゃんを、私は啞然と見守っていた。さまざまな疑問が湧きおこり、頭の中がぐるぐると回り続けている。

「おばあちゃん耳が遠いから、よく聞き取れなくてねえ。でも咲ちゃんいつも誰かに挨拶していているようだったし、さっきも『楠』という言葉が聞こえたからひょっとしてと思って」

「じゃあ……もしかして、おばあちゃんも精霊が視えるの？」

私の問いかけに、おばあちゃんはかぶりを振った。その表情は少し寂しそうで。

「咲ちゃんくらいの頃はね、私も視えていたのだけれど」

私は目を見張った。

つまりおばあちゃんはどこかのタイミングで、精霊が視えなくなったということだ。一体それはいつの話で、何があったのだろう。聞きたいことは山ほどあったけれど、おばあちゃんが楠の話を始めたので、ひとまず耳を傾ける。

「楠さまは私が幼かった頃から、この家にいらしてね。よく話し相手になっていただいて、ずいぶんお世話になったのよ」

「そうだったんだ……楠もそれならそうと、言ってくれればいいのに」

楠から吉乃おばあちゃんの話を聞いたことは一度もない。

私以外に精霊が視える人が家族にいたのなら、教えてくれたってよさそうなものなのに。

そして彼が〝遥か昔に〟会ったという『視える人間』が誰なのか、ようやく理解した。

九十歳のおばあちゃんが二十歳の頃……確かに車もほとんど走っていなかった時代だ。

若い頃のおばあちゃんは、どんな木精たちと心を通わせていたのだろう。

他の人にはわからない私だけの世界があるように、きっとおばあちゃんだけが視ていた世界もあったはずだ。ふと私はその欠片を、のぞいてみたい思いに駆られた。

「ねえ、おばあちゃん。ほかにも親しかった木精はいたの？」

そうねえとおばあちゃんは懐かしげに目を細める。

「千歳さまにはお会いになった？」

「それって、千歳桜のこと？」

「ええ。それはもう、神々しくて美しくて……憧れだったわ」

まるで少女のように微笑むおばあちゃんを見て、私は戸惑った。

これまで千歳桜は何度も見たことがあるけれど、木精を見かけたことはないからだ。

「あの木に木精はいなかったと思うけど……」

「本当？　そんなはずはないと思うのだけれど」

「今はもう老衰で咲かなくなってるみたいだし、木精もいなくなっちゃったのかも……」

それを聞いた吉乃おばあちゃんは、ひどくショックを受けたように息をのんだ。その顔があまりに哀しそうで、私はいたたまれなくなる。

「あ、そうだ。ちょっと待ってて」

私は急いで自室へ向かうと、おばあちゃんからもらったペンダントを手に取る。居間に戻ってペンダントトップの透かし彫りの花と、雫形のチャームを指し示した。

「このペンダント、もしかして木精の誰かで作られてる？」

「ええ、そうよ。千歳さまの枝をいただいて作ってねえ。ずっとお守りにしていたの」

「そうだったんだ……。そんな大切なものをもらってよかったの？」

おばあちゃんは私の頭を撫でてから、にっこりと微笑む。

「咲ちゃんを守ってほしいから。きっと千歳さまもわかってくださるわ」

そう言って紅茶をゆっくり口にするおばあちゃんを見ていると、胸の奥がじんわりと温かくなってくる。

千歳さまはどんな木精だったんだろう。おばあちゃんとどんな日々を過ごしたんだろう。いつか私も会えるだろうか――

そのとき、スマホが音を立てた。確認すると、西橋さんからメッセージが届いている。

『さっきはごめん。ちゃんと帰れた?』

私は噴水公園でのことを思い出しながら、返信を打つ。

『帰ってちょうど今、曾祖母とカンノーリを食べてました。患者さんは大丈夫でしたか?』

『なんとかね』

胸をなでおろしつつ、満天星に依頼されたことを相談しようと考えつく。でもとりあえず先に話すべき相手がいることを思い出し、私は早々にお茶会を終えると縁側へ向かった。

案の定ごろ寝をしている楠へ、腹立ちまぎれに問いかけた。

「ちょっと、楠。おばあちゃんと話したことがあるならなんで教えてくれなかったの?」

こちらに視線を向けた楠は、よっこらしょと起き上がった。濃緑の瞳でじっとこちらを見つめ、当たり前のように言う。

「聞かれなかったからな。まあ、聞かれていたとしても俺から言うつもりはなかったが」

「なんで? 私だけ知らないなんてひどいよ」

「吉乃が黙っていることを、俺が勝手に喋る方がひどいと思わないか?」

「それは……そうだけど……」

納得できない私の様子に、楠はやれやれと息を吐いた。

「精霊が視えるということ自体、本人にとって微妙な問題だ。それは咲にだってわかるだろう」

返す言葉がなかった。確かに私自身、怖がられたり呆(あき)れられたりするのが怖くて、最近まで誰にも木精のことを話していなかった。

しかも吉乃おばあちゃんは、視る力を失っている。垣生先生がそうだったように、もしかしたら言いづらい理由がそこにあるのかもしれないし、だからこそ他人が喋っていいはずもない。

自分本位な感情で怒っていたことが、急に恥ずかしくなった。

「……ごめん、私が間違ってた」

「わかればいい」

楠はそう言って、私の頭をぽんとやった。ふっと浮かべた笑みを見たら、自然と安心する。

「おばあちゃんともこんな風に、話してたの？」

「時々な。吉乃は咲ほど手がかからなかったが」

「えっひどい！……まあ、手がかかるのは認めるけど」

唇を尖らせる私を見て、楠はさもおかしそうに笑う。私もつられて笑いながら、噴水公園でのことを思い出した。

「そうだ。手がかかるついでに、また面倒ごとを持ってきたんだった」

「またかと言うのも面倒になってきたな。今度は何だ？」


私は満天星に依頼されたことや、同じ曲ばかりを歌う男性について話した。過去最大級に呆れた様子の楠は「放っといてやれ」と言う。

「今回ばかりは私も、その人をどうにかしようなんて思えないんだよね……。でも満天星の不安や苛立ちも理解できるし。だから今度は楠も一緒に来てよ、一人じゃ不安だし」

楠はため息をつくと、整った顔をわずかにしかめた。

「満天星殿にも困ったものだな。関わるなと言いたいところだが、どうせ言ったところで無駄だろう。念のために西橋殿にも来てもらえ。万が一ということもある」

「わかった。聞いてみるね」

私は早速西橋さんに電話をかけ、事の経緯を説明し同行してもらうよう頼んでみる。

少しの間沈黙した彼は、硬い口調で切り出した。

『東平さん。いくら頼まれたからといって、その状況で一人で対応したのは軽率だよ。その人が本当に不審者だったらどうするつもりだったの？』

「で、でもあの時は仕方なくて……」

スマホから西橋さんのため息が聞こえてきた。明らかに怒っているのが電話越しでも伝わってくる。

『……こんなことなら、家に送り届けておけばよかった。君と精霊とでは、見えている世界が違う。自分の身は自分で守らないと』

「……はい」

こんなに厳しい物言いをする彼は初めてで、私は動揺を隠せなかった。西橋さんは再び沈黙していたけど、やがてほんの少し声のトーンを落ち着けて問いかけてくる。

『それで東平さんはもう一度その人に会って、どうするつもりなのかな』

「まだはっきりとは決めてないんですけど……。様子を見て、場合によっては声をかけてみようと思います。もし本当に不審者だったら、その時は通報しようかなと」

『わかった。じゃあ僕も行くよ』

「……いいんですか？」

『僕は楠君の意見に賛成だよ。でも君一人で行かせるわけにはいかないから』

それに、と彼の声がふいに和らいだ。

『今日見られなかったしね。満天星』

「あっそうですね。あの後見に行って、やっぱり西橋さんに見せたいなって思ってたんです」

急に元気になった私に、西橋さんは笑いながら「楽しみにしておくよ」と言った。

私の話に興味を持ってくれていたことが、嬉しかった。次の週末に会う約束をして、通話を終える。楠に西橋さんに怒られたことを含めて報告すると、満足げにうなずいた。

「重畳だな」

「……なんか楠、嬉しそうだね」

「咲のお守りは、俺だけでは限界があるからな」

「お守りってなによ。私もう子どもじゃないし」

頬を膨らませる私を軽くあしらいつつ、楠は色が少なくなった庭へ視線をやった。

陽が落ち始めた縁側は、昼間の温かさがすっかり消えつつある。

「俺だって、いつまでここにいるかわからない」

「え……どういうこと？　まさかここを出ていくつもりなの」

何も答えない横顔を見ていると、急に不安が押し寄せてくる。思わずかぶりを振った。

「嫌だよ、楠。いなくならないで」

楠はこちらを見やると、いつものようにふっと笑った。神秘性と包容力を併せ持つ、綺麗な微笑。

「まだまだ手のかかる咲を、一人にするつもりはないから安心しろ」

「……また子ども扱いして」

「俺から見れば、吉乃も咲も大差ないさ」

そう言ってごろ寝を始めた楠を、私は複雑な想(おも)いで見守っていた。

何百年も生きている精霊からすれば、人間の一生なんて儚(はかな)いものだろう。でも精霊だって、きっといつかは寿命が尽きる日が来るはずだ。

「……そういえばおばあちゃんに聞きそびれたな」

木精が視(み)えなくなったきっかけが、なんだったのか。なんとなく楠は知っていそうだけれど、聞けるはずもなく。

自分の知らない過去を二人が共有していると思うと、なんだか置いていかれたような気持ちがした。今すぐその繋(つな)がりに加わりたい衝動に駆られるけれど。

(安易に踏み込んでいいのかも、わからないし……)

こんなときは、機を待つしかないのかもしれない。

紅葉した庭のモミジがひらひらと葉を落とすのを、私はいつまでも眺めていた。

そして一週間後。

約束通り私は西橋さんの車で、噴水時計の公園に向かっていた。後部座席をちらちらと見やった西橋さんは、確認するように訊(き)く。

「楠君が一緒だって言ってたよね」

「はい。そこに座ってます」

「……なるほど。視えないのに居るっていうのも、なんだか妙な気分だな」

複雑な表情を浮かべる彼に、楠は「俺のことは気にするなと言っておけ」と肩をすくめる。

今日の西橋さんはだいぶ寒くなったせいだろう、アイボリーのタートルネックセーターにブルーグレーのジャケットを羽織っている。仕事着はあれほど黒いのに、私服で黒を着ているところはほとんど見たことが無い。

私はお守り代わりのペンダントを確認するようにそっと握った。やっぱりこれを身に着けると、気持ちが落ち着く。

「……この間はごめん」

隣を見ると、前を向いたままの西橋さんはきまりが悪そうに口を開く。

「あんな言い方するべきじゃなかった。そもそも僕が君を置いて帰ったせいなのにね」

「いえ、残ると言ったのは私ですし！　西橋さんの言う通り、自分の身は自分で守らなきゃって話ですから」

彼は一瞬沈黙したあと、困ったように小首を傾げた。

「不審者かもしれない人に話しかけられたって聞いたとき、何もなくてよかったと思う気持ちと、何かあったらどうするんだって気持ちがごちゃ混ぜになって……つい感情的になってしまった」

「私こそ心配かけてすみませんでした。その……気にかけてくれて嬉しいです」

西橋さんはこちらを見やると、ほんの少し微笑した。その表情を見ていると、なんだか胸がどきどきする。こっそり後部座席に視線を向けると、楠がにやにやしているのが目に入った。後で絶対何か言われそうな気がする。

駐車場に着いて車から降りると、先週よりいくぶん冷たさを増した空気が頬に触れた。このぶんだと、満天星はだいぶ散り始めているかもしれない。

三人で園の入口へ向かい、手前にあるブナの並木を抜けた途端、燃えるような紅葉が目に飛び込んでくる。楠が「見事だな」と微笑む隣で、私は西橋さんを振り返った。

「よかった、まだほとんど散ってません。すごく綺麗でしょう?」

「そうだね。東平さんが見せたかったというのもわかるよ」

彼は深紅に色づきながらも艶を失わない葉の一枚一枚に、じっと見入っていた。その表情はいつものように凪いだ海だけど、漆黒の瞳を彩る赤は確かに彼の心に響いているように見える。

「ようやく来たか。今日はずいぶんと頭数が多いな」

姿を見せた満天星に、私は挨拶を返す。

「遅くなってごめんね。さすがに一人で来るのは怖かったから、助っ人を頼んだの」

「怖い……？」

怪訝な表情を浮かべる彼女に、楠が言いやった。

「満天星殿、あまり咲に無茶をさせないでもらえるとありがたいんだがな」

「……楠殿。私は無茶をさせたつもりなどなかったのだが」

「俺たちと違って、人間の男女では生態がずいぶんと異なる。不審な男の対応は、咲ひとりではとても無理だ」

「そ……そうだったか。すまぬ、考えが至らなかった」

申し訳なさそうな満天星を見て、私は慌てて言った。

「私がちゃんと言わなかったのもいけなかったし。西橋さんにも怒られちゃったしね」

「……いったい何の話をしてるの」

視線を彷徨わせる西橋さんに、私は会話の内容を説明する。視えない人の前で精霊と話すのはちょっと大変かもしれない……そんなことを考えながら体の向きを変えたときだった。

「ひゃっ」

足元の段差につまずき、体のバランスが崩れる。転びそうになったところを西橋さんに支えられた瞬間、白輝の光が弾けた。

（この光――）

同じものをどこかで見たと思いいつつ、慌てて謝る。

「す、すみません。うっかりつまずいちゃって」

私を抱き留めたまま、西橋さんの返事はない。恐る恐る顔を上げてみると、彼はなぜか別方向を見つめている。

「あの……」

「あ、ごめん」

心ここにあらずといった様子で手を離した西橋さんは、またすぐに抱きしめてきた。

「きゃあ!?」

手が離される。と思ったらまた抱きしめられる。慌てふためく私の隣で、楠と満天星の目が点になっている。

「ちょ、ちょっと西橋さん？」

「……そういうことか」

「え？」

「東平さん。もしかして楠君は書生風の姿をしている？　満天星は赤い髪の女性だ」

「えっそうです。どうして――」

言いかけて気づいた。彼が先ほどからずっと、楠たちがいる方向を見つめていることに。

「視えたんだよ。僕にも」

手を離した西橋さんは、何度もうなずきながらいつもより早口で続ける。

「さっき君を抱き留めた瞬間、光が弾けたと思ったら急に赤い髪の女性が現れた。でも君から手を離したら、その姿が消えて」

「つまり……私に触れている間は視えるってこと？」

「たぶんね」

「そっか、だからあの時も――」

槐の一件を私は思い出していた。確かあの時も、突風でよろけた垣生先生を私が支えた瞬間、光が弾けて同じようなことが起きたのだ。

「……こんなことって本当にあるんだな」

言いながら再び手を伸ばしてくる彼を、慌てて止める。

「まま待ってください、その方法は心臓がもちません！」

私の抵抗でやっとこちらを見た西橋さんは、一度瞬きをした。

そしてたっぷりの間のあと。

「…………あ。」

我に返ったのが表情に現れていた。両手を軽く上げて私から離れ、唖然と呟く。

「そうだね。いや、ごめん。その……普通にセクハラだった」

「いえ、セクハラとまでは……」

「ほんとごめん。信じられないことが目の前で起きて、色々飛んでた」

自分のやったことに、ショックを受けているんだろう。西橋さんは半ば青ざめながら、絶句している。珍しくうろたえた姿を見ていると、私はつい和んでしまった。

「西橋さんでもそういうことあるんですね」

「……え？」

「動揺しているところ、初めて見ました。ちょっと得した気分です」

そう笑んでみせると、彼はばつが悪そうに左手で顔を覆った。顔を赤くするさまが新鮮で、この人もこんな表情をするんだなと思う。

「……茶番劇は終わったか？」

はっと振り向くと、こめかみを揉む満天星の隣で、楠が笑いを堪えている。二人の存在をすっかり忘れていた私に、鋭い視線が飛んできた。

「もしやおぬしら、見せつけに来たのではないだろうな」

「いやまさか！　西橋さんとはそういうんじゃないから」

「まあ見た限り〝今は〟そうだろうな」

含みのある楠の言い方に、今度は私の顔が熱くなる。さっきの場面を見られたことが、急に恥ずかしくなってきたのだ。

「と、とりあえず、あの人も来るかもしれないし、移動しようか！　満天星、あの男の人はいつも同じ時間に来るの？」

「そうだな。奴は日によって多少のずれはあるが、似たような頃に現れておる」

「そっか。この間は確か四時を過ぎていたはずだから……」

「俺は入口近くの方で待つから、咲と西橋殿はベンチで待っていろ」

「そうだね。二手に分かれた方がいいだろうし」

ふと西橋さんを見ると、会話の内容についていけないせいだろう。やや所在なげに辺りを見渡している。

「うーん……やっぱり西橋さんも、話を聞けた方がいいよね……」

他に方法がないのなら、こうするしかない。私は意を決して彼の手を取った。

「これなら満天星たちの姿視えますよね？」

西橋さんは目を見開いてから、「そうだけど……」とためらいを滲ませる。

「大丈夫です。て、手を繋ぐくらい平気ですから。あっそれとも西橋さんが迷惑ですか!?」

「いや、迷惑ってわけじゃ……」

「じゃあこれでいきましょう！」

本当はお父さん以外の男性と手を繋いだことなんて、ほとんどない。でもそんなこと言ったら西橋さんが気を遣うだろうから、私はできるだけ手の感覚を意識から追いやった。

彼の手はほんのり冷たくて、でも温かった。

西橋さんと手を繋いだままベンチに腰掛けた私は、改めて周囲を見渡した。遊歩道の両脇は様々な木が立ち並び、地面に柔らかい影を落としている。落葉樹の散らした葉が歩道を覆い始めていて、いつもより彩り豊かだ。

隣をそっと見やると、西橋さんも周りの景色を眺めているのか、視線をどこかにとどめたままだ。その表情は相変わらず凪いだ海で、彼の手の感触を思い出した私は、気恥ずかしさから満天星に話しかける。

「ねえ満天星はいつからこの公園にいるの？　木精としてってことね」

「いつからと言われてもな……確かここが以前より広くなった頃だったと思うが」

「となると……たぶん二十年くらい前だね。私が産まれた頃、この公園が大幅改修されて噴水時計もその頃できたって聞いたから」

私の言葉に、西橋さんもああと反応する。

「それなら僕も聞いたことがある。当時話題になったって患者さんが言ってたから」

「満天星が木精になったきっかけってなんだったの？」

その問いに、彼女は切れ長の瞳をすっと細めた。美人は不機嫌そうな顔ですら、綺麗なんだから羨ましい。

「当時、夜な夜なこの公園に来て騒ぐ輩がいてな。あまりにも煩いのでこの手で成敗してやろうと日夜念じておったら、いつのまにかこの姿になっていた」

「そ……そうなんだ」

つまり人に対して負の感情を抱いたときも、精霊が生まれるということなのだろう。生真面目な彼女らしいと言えばそうなのだけれど。

「とはいえ、精霊になったところで何ができるでもない。あのときは落胆したものだ」

もし何かできていたとしたら、どうなっていたんだろう。冷や汗を浮かべる私の隣で、西橋さんが尋ねた。

「じゃあ満天星は人間が嫌いなのかな」

「そ、そういう訳ではない。……人の中には心を寄せるべき者も存在する」

「そう。ならよかった」

穏やかに笑む彼を見て、満天星はきまりが悪そうに視線を馳せた。

「ここには様々な人間が来る。四六時中駆け回る幼子や、時の流れをただ楽しむ老者。愛を語り合う者もいれば、別れの涙を流す者もいる。喜びを噛みしめる者、失意に暮れる者。手を差し伸べてやりたいと思える者もいた」

「……満天星の記憶に残る人はいた？」

私の問いかけに、彼女はほんの少し目を伏せた。長いまつ毛が影を作り、ついつい見とれてしまう。

「毎年この季節になると、毎日のように私の元を訪れる女子がいた。何をするでもないが、気になってな」

「あ、もしかしてその子のために、あの人を追い出したかったとか」

「それもないわけではないが、もうあの娘は来ない気がしている。今年は見ておらぬしな」

満天星は一度宿木を見あげてから、微かに吐息を漏らした。

「おそらく、諦めたのだろう」

「……諦めた？」

「最初にひとりでここへ来たときは、まだ小さな娘だったが。季節がめぐるたびに彼女は大人になっていった」

名も知らぬ少女は何かを待っていたのか。今となっては、知りようがないけれど。

「人間というものはいまだよくわからぬが、大人になるにつれ多くの者は節度の中で生きているように見える。何かを手に入れる代わりに、諦めるものも増えていくのだろう。そうやって取捨選択を繰り返していく中で、きっとあの娘はここで求めていたものを諦めたのだ」

そう語る彼女の表情は、いつもと変わらず凛(りん)としていたけれど。燃えるような深紅のまなざしの中に、ほんの少しだけ寂しげな色がよぎったように私には思えた。

「それらしい男が来たぞ」

楠の声に私たちは園の入口を振り向いた。現れたのはあの男性で、今日もTシャツに破れたジーンズ、肩にはギターケースを下げている。

その人は先日と同じように満天星の木を見つめてから、ギターを取り出して演奏し始めた。今日も同じ曲を決して上手とは言えないクオリティで、歌い続けている。

満天星を見やると既に無の状態になっているのか、うつろな目をしたまま表情一つ動かさない。楠は相手から見えないのをいいことに、ギターを弾く様子をつぶさに観察している。

西橋さんはというと、いつも通り顔にはなんの表情も浮かべないまま、時おり視線を男性に向けている。私もスマホをいじるフリをしながら、ちらちらと様子を窺(うかが)うことにした。

そうして十五分ほど経(た)っただろうか。男性は歌うのを止めると、突然こちらへ向かってすたすたと歩いてきた。

西橋さんの表情がわずかに強張(こわば)る。私の手を握る力が強くなったと感じたとき、男性が口を開いた。

「あんたさ、この間もここに来てたよな」

私にかけられた言葉だと気づき、戸惑い気味にうなずく。彼は親指をくいと上げ、満天星を指し示した。

「あの木の名前わかる？　隣の彼氏でもいーけど」

「あ……それは満天星っていいます」

「え、何つった？」

「ドウダンツツジです」

「ドウダッ……何？」

「ドウダンツツジです」

「あーもういいや。すぐ忘れそう」

自分から聞いておいて、なんという態度だろう。ムッとする私の隣で、今度は西橋さんが口を開いた。

「なぜ、知りたいんです」

「あん？」

「なぜ、あの木の名前を知りたかったのかと」

その問いに男性は、アッシュブラウンの髪をわしわしとやった。

「あー……昔な、聞かれたことあんだよ。赤い葉っぱなんて全部モミジだと思うじゃん？　そう答えたら違うって怒られてよ」

真っ赤に染まる枝葉をちらりと見やりながら、彼は口をへの字に曲げた。その様子を満天星が忌々しそうに睨んでいる。

「結局ほんとの名前なんて、教えてやれないままだったわ。まあ今更どーでもいいんだけど」

そう言い放つ口調はぶっきらぼうだけど、なんとなく苦いものが含まれているように感じられた。無精ひげが生えた顔は、お世辞にも人相が良いとは言えない。でもこの人は案外、普通のひとなのかもしれない……私は思い切って声をかけてみる。

「あの……もう一つ、聞いていいですか」

「なんだよ」

「どうしてここで歌ってるんですか？　同じ歌をずっと」

その問いに一瞬目を見開いたあと、じろりと睨んできた。

「どうせあんたも下手くそだって思ってんだろ」

図星なのが顔に出ていたのだろう、彼はおかしそうに腹を抱えた。

「別にいーよ。下手なのはわかってっし。ま、金取るために歌ってるわけでもねーからな」

「あ、じゃあやっぱり練習しにきてるんですね」

「んーそういうわけでもねえけど」

「どういうことです？」

彼は再び頭をわしわしとやると、軽くため息をついた。さっき笑ったときとは打って変わって、表情が硬くなっている。

「説明すんのめんどくせーな。大体、あんたに関係ねえだろ？」

「そ、そうですね。すみません」

調子に乗って、踏み込み過ぎてしまった。しゅんとなる私を見て、沈黙してから。

「あんたさ、いくつ？」

「……二十歳ですけど」

「まじか、里奈と同じじゃん」

彼はしばらくの間黙り込んでいたけれど、やがて何か吹っ切れたかのように、鼻から大きく息を吐いた。

「ふーん、あいつのタメとここで会ったのも何かの縁かもな」

「あの……この間も私を見て〝里奈〟って言ってましたよね」

気怠(けだる)そうな視線を満天星に向けたまま、そうだっけと薄く笑う。

「里奈は俺の娘なんだよ。つっても、四歳のときに別れて以来、一度も会ってねえけどな」

松島（まつしま）と名乗ったその人は、ジーパンのポケットから煙草（たばこ）の箱を取り出した。

「ここ、禁煙ですよ」

西橋さんの言葉に「なんだよ、細けぇな」とぼやきつつ、煙草を仕舞うと歩道と緑地の狭間（はざま）に座り込んだ。そのすぐ後ろに満天星、私たちが座るベンチと松島さんとの間に楠が立って動向を見守っている。もちろん、視（み）えているのは私たちだけだけれど。

「……もしかして、松島さんはここで娘さんを待ってるんですか」

彼は私の問いかけには答えず、視線をどこかに留（とど）めたまま、ひとり言のように語り始めた。

「あいつの母親、男作って出ていってよ。当時の俺はまともに働いてなかったし、残されたガキを育てられるワケねーじゃん？　だから迷わず施設に預けたっつうか」

そう言ってから、松島さんは顔をしかめる。楠が何かを察したのか、腕組をしたままため息をついた。

「……正直言えば面倒だったんだよ。なんで俺がってな」

「そんな、勝手すぎる……」

漏らした本音に、彼は自嘲（じちょう）気味に笑った。

「わかってるよ、俺がクソ野郎だってのは。実際しばらくの間、娘の存在すら忘れてたしな」

「何がきっかけで思い出したんですか」

西橋さんの静かな問いに、記憶を辿るように視線を彷徨わせた。

「三年ぐらい経った頃だっけか。俺もそれなりに仕事して、その日暮らしみてえな生活から抜け出しててさ。ふと、あいつがどうしてるか気になってよ」

何の気なしに、預けた施設に行ってみたのだそうだ。

「でも入口前まで行って足が止まっちまった。今更どんな顔してあいつに会えばいいかわかんねーじゃん？　結局そのまま引き返してきた」

そう呟く姿を、満天星は無表情で見下ろしていた。彼を捉える燃えるような瞳は、怖いくらい美しさと冷たさをはらんでいる。

「……それからどうしたんですか」

「どうすりゃいいかもわかんねーし、しばらくはそのままだったな。ある日、施設に匿名でランドセルを寄付してる奴がいるっつう話をテレビで見てよ。これならいけんじゃね？って思ったわけ」

その話なら私もテレビで見た記憶がある。確かアニメのキャラクターを名乗って、寄付をしていたはずだ。

「俺も匿名で娘に何か送るかって話を飲み仲間にしたら、『それ〝あしながおじさん〟じゃん』って言われたわ。意味わかんねえけどじゃあそれでいくかってことで、『あしながおじさん』を名乗ってプレゼントを贈ってみたわけ。そしたら、あいつから手紙が来てよ」

書かれていたのはプレゼントのお礼と、丁寧に書かれた近況報告だった。子供の字で書かれたそれを、松島さんは何度も読み返したそうだ。

「大した物を送ったわけでもねえし、正直ほんの気まぐれだった。でもあいつはご丁寧にお礼の手紙まで書いてきてよ。……ほんと馬鹿みてぇに喜んでんだ」

その日以来、彼はあしながおじさんのフリをして、里奈さんにプレゼントを贈りつづけたそうだ。次第に手紙のやりとりもするようになり、数年が経った。

「手紙の中で自分が父親だとは明かさなかったんですか？」

「言わなかった。言えるわけねえしな」

なぜと問うより早く、彼は愉快そうに肩をゆすった。でもその目は苦い色を含んでいる。

「あしながおじさんって、金持ちの紳士なんだろ？　だから俺もそういうフリしてたんだよ」

「あ……」

その言葉で察したのだろう、場にいた全員が空を仰いだ。

つまるところ、手紙の中で演じていた自分と実際があまりにもかけ離れていて、言い出せなくなったということだ。私は頭を抱えたくなる思いで、松島さんに問いかけた。

「里奈さんとは、手紙でどんなことを話してたんですか」

「たわいのねえことばかりだよ。最近あったこととか、今ハマってることとか」

「娘さんが親について書いてきたことは？」

西橋さんの問いに、松島さんの眉がぴくりと上がった。どこか探るような視線をこちらに向けたあと。

「……一度だけあった。父親とこの公園に来たことがあるってな」

「それは『名前のわからない赤く紅葉する木を見た』という話で、毎年この時期になると彼女はその木の元へ通っていると言ったのではないですか」

松島さんの眠そうな目が、大きく見開かれた。口を半開きにしたまま、完全に動きが止まっている。その後ろに立っている満天星が「まさかと思うたが……」と唸った。

「……え、なんでわかんの？　あんたもしかして里奈の知り合い？」

「いいえ。これまでの貴方の言動で大体推察できましたから」

凪いだ海のまま応える彼を、私は驚きをもって見つめていた。正確には満天星の話も含まれているんだろうけど、私自身はそこを瞬時に繋げて考えられていなかった。

松島さんの方はあまり深く考えない人なんだろう、西橋さんをそれ以上追及することも無く、「そうか」とだけ呟いた。

「あんたの言う通りだよ。俺自身はすっかり忘れてたけど、あいつと別れる前、ここへ一緒に来たことがあるらしいんだわ。そん時あの木の名前を聞いたけど、『モミジだろ』って嘘教えられたってな」

なるほど、それでさっき満天星の名前を聞いてきたんだ。この人の突拍子の無い言動のひとつひとつが、私の中で繋がり始めていく。

松島さんは所在なげに肩のあたりをさすってから、口元に苦笑を漂わせた。

「……あいつ、ここで父親を待ってたらしい。あの木の紅葉が綺麗だと言ってたから、またいつか見に来るんじゃないかって。俺自身はそんなことを言ったことすら、忘れてたのによ」

「じゃあ結局、松島さんは行かなかったんですか？」

私の問いかけに、彼はうなずいた。

「何度か行こうとしたけど、無理だった。どの面下げて会えばいいかわかんなかったしな」

話を聞いているうち、私はだんだんと苛立ちはじめていた。

この人は自分の都合ばっかりで、里奈さんの気持ちをなんにも考えていない。彼女は何年もの間、紅葉の季節がくるたびに毎日のように通っていたというのに。

そう口に出しかけて、ぐっと我慢する。今ここで満天星から聞いた詳しい話をするわけにもいかないし。そんな私の様子に気づいているのかいないのか、西橋さんが静かに切り出した。

「今になって気が変わったのは、里奈さんが施設を出たのがきっかけですか」

松島さんはばつが悪そうに「ほんと何でもわかんだな」と顔をしかめた。

「あんたの言う通り、高校卒業後あいつは施設を出て働くことになってな。それからぱったり手紙も来なくなって、今どこでどうしているのかさっぱりわかんねえ。もう俺のことは用済みになったんだって、どこかでほっとする気持ちもあったんだけどよ……」

ははっと乾いた笑いを漏らしてから、どこかひとり言のように言った。

「気になって仕方ねえんだ。なんで連絡よこさなくなったのか、今ちゃんとやれてんのか……」

施設に連絡先を聞くことも考えたが、やめたのだという。

「ガキの間は放ったらかしといて、働きだした途端たかりに行く親がいるんだとよ。俺も同類だと思われたくねーじゃん？」

「それで唯一の繋がりがこの場所だったから、行ってみることにしたと」

「そーゆーこと。まああとは、約束してたんだよな。あいつが覚えてっかはわかんねえけど」

約束？という視線を受け止めるように、彼は気だるげに笑んだ。

「里奈がまだ小学生の頃だっけか。当時流行ってた歌が好きだって話をされてよ。俺歌が上手いって嘘ついてたから、いつか聞かせてほしいってせがまれてな」


〝じゃあ二十歳になったら、お祝いに歌ってあげるよ〟


「そん時はどうせ忘れるだろうと思って、適当に書いただけだった。実際に聞いたあんたらなら分かるだろうけど、あんな下手くそな歌聞かせるつもりもなかったしな」

「じゃあ守るつもりもない約束をしたってことですか……」

呆れたため息をつく私に、松島さんは肩をすくめる。

「だって仕方ねーじゃん？　断るワケを考えんのもめんどくせえし。ほんの気まぐれだったんだよ」

「気まぐれってそんな」

気色ばむ私を遮るように、西橋さんが話を進めた。

「それで彼女が二十歳になった今年の秋に、ここで歌うことにしたわけですか。確かに歌っていれば目立ちますし、娘さんの耳に入る可能性は高まるでしょうしね」

「……まあそんな都合良く会えるなんて思ってねえけどよ。何もせずに待つのも性に合わねえし、一度くれえは約束果たすのも悪くねえかと思ってな」

だからこれも賭けと呼ぶほどのものでもない、ほんの気まぐれ。

どこかへ巣立った娘が気まぐれに古巣を覗いたら、ラッキーだろ？　ってくらいの。

「まあそーゆーわけで、ここ二週間ほどやってみたけどよ。あいつも姿現さねえし、もうそろそろいっかなと思い始めてたところ」

そこで松島さんはジーパンのポケットからスマホを取り出すと、画面をタップして耳に当てた。どうやら電話がかかってきたようで、立ち上がると私たちに背を向けて話し始める。

その様子を見守っていた楠が、しばらくぶりに口を開いた。

「これ以上話をしても無駄だな」

彼の口調はいつもと変わらず落ち着いたものだったけど、どこか冷ややかな響きがある。

「こいつが不審者ではないとわかったのだから、もういいだろう。俺たちは引き上げ——」

「奴と話をさせろ」

割って入った声の主を、私たちは戸惑い気味に見つめる。深紅の瞳を見やった楠が、小さくため息をついた。

「……満天星殿、本気で言っているのか」

「ああ。どうしても直接言ってやらねば気が済まぬのだ」

彼女の凛とした面差しは研ぎ澄まされ、触れることさえ許されない剣の切っ先のようだ。有無を言わさぬ気迫を前に、楠がほんの少しまなざしを険しくした。

「俺たちは人間に干渉すべきじゃない。住む世界が違う相手に深入りすると、ろくなことが無いからな」

「だが……！」

反論しようとする満天星を制し、楠は私たちを見回した。

「……と、建前はそうだが。まあ今回に限っては満天星殿の気持ちもわからんでもない。もう一人我慢できなそうなのもいるしな」

ちらりと視線を向けられ、頬をかく。やっぱり楠は私のことをなんでもお見通しだ。

西橋さんは思案顔を浮かべたあと。

「東平さんが自分以外の人に木精を見せたのは今日が初めて？」

「あ、いえ。以前似たようなことがあったのでたぶん二回目かと」

槐と垣生先生のときのことを話すと、彼はなるほどとうなずいた。

「最初の時も触れたことがきっかけだったのなら、今回も試してみる価値はあるね」

「じゃあ松島さんとも手を……」

「いやそれはやめておこう」「それはやめておけ」

私の提案を即却下した西橋さんと楠に、満天星が「ならばどうするのだ」と問いかける。

「僕に考えがあるから、うまく話を合わせてみて」

西橋さんがそう言い終えると同時、松島さんが通話を終えてこちらを振り向いた。

「悪い、電話だったわ」

戻ってきた松島さんの前で、西橋さんがいきなり立ち上がった。突然近づいてくる彼に、面食らった表情を浮かべている。

「な、なんだよ」

「松島さん。実は僕は医者なんですが、ちょっと顔色が気になるんです。診せてもらってもいいですか」

「えっマジで？　酒飲み過ぎたか」

ベンチに松島さんを座らせると、西橋さんは診察するふりをして、彼の下まぶたをさげたり、耳の下を触ったりしている。

「東平さん、手首から脈取ってくれる？」

「あ、はい」

なるほど、これなら怪しまれない。脈の取り方なんてよくわからないけど、私はとりあえず松島さんに手首を出してもらい、それっぽいところに指を当てる。

これで木精の姿が見えればいいんだけど……そう思った瞬間、あの白い光が弾（はじ）けた。

「あれ、今なんか光んなかった？」

視線を彷徨(さまよ)わせた松島さんは、「うおっ」と大声を上げた。

「松島さんどうしました？　大丈夫ですか」

西橋さんはなだめるフリをしながら、のけぞる彼の身体(からだ)を捕まえる。私も「どこか痛みますか？」と白々しい台詞(せりふ)を吐きながら支えるフリをした。

「ちょ、なんだよこれ？　いきなり目の前に女が現れたんだけど⁉」

松島さんを見下ろす満天星の表情は、どこまでも冷たく、けれど燃え上がるような怒りをとどめているのがわかる。その人間離れした姿に思わず見入ってしまったのだろう、松島さんは呆(ほう)けたように彼女を見つめていた。

「……その髪と目、すげえな。カラコン？　つうか周りのその光、どうやって出してんの？」


「いい加減にせぬか、このたわけ！！！」


マグマが噴出したような怒声が、公園内に響き渡った。周囲の空気は張り詰め、木々たちがざわめきを繰り返している。

「え……何？　なんで俺怒られてんの」

わけがわからない様子の松島さんは、満天星の射貫くような視線に気圧されている。

「おぬし、いったいいつまでうじうじしておるつもりだ。適当な言い訳を見つけて娘から逃げておるだけであろう。情けないと思わぬのか？」

「な、なんだよあんた、偉そうに」

松島さんはなんとか言い返したものの、明らかに腰が引けている。満天星は自らの宿木を見やってから、どこか悔しそうに頬を震わせた。

「あの娘はな。ここに来られる歳になってから毎年、紅葉が始まると通って来ておった。十年以上もの間、最後の一枚が散り落ちるまで、〝毎日〟おぬしを待っていたのだぞ」

予想外の言葉だったのだろう、松島さんの目が驚愕の色に染まった。

「な……マジか？　あいつそこまでしてるなんて言ってなかったのに」

「それなのにおぬしはなんだ？　たった二週間程度で、もう音を上げるのか」

「だ、だってよ……」

「くだらぬ言い訳ならもう聞き飽きた」

吐き捨てるように言われ、松島さんは口をつぐむ。うろたえた様子で目を泳がせる彼に、満天星は冷ややかに告げた。

「まだ分からぬというなら、分からせてやろう。おぬしはな、娘が親へ抱いていた唯一の希望を、長い時をかけて踏みにじったのだ」

それを聞いた松島さんの顔が、苦しそうに歪んだ。唇を微かにわななかせ、絞り出すように声を漏らす。

「くそ……」

「おそらくあの娘はもう、ここには来ないだろう。おぬしを諦めたのだからな」

松島さんは頭をぐしゃぐしゃとやりながら、やり場のない感情を吐き出すように拳を地面に打ち付けた。満天星はうなだれる彼を睨み据え。

「それでも、おぬしの中に子に対して報いる気があるのならば。娘と同じようにここへ通い、最後の一枚が散り落ちるまで歌い続けてみせろ。その程度の意地もないのであれば、今すぐここを去れ」

「満天星……」

松島さんがここで歌うことを、あんなに嫌がっていたのに。

しばらくの間、誰も言葉を発しなかった。

やがて松島さんは立ち上がると、木の前に行きギターを取り上げて歌いだした。満天星は何も言わず、その様子を見守っている。私たちも敢えて声はかけず、その場を後にした。

駐車場までの道を、私たちは無言のまま歩き続けた。

本当にこれでよかったんだろうか。もし里奈さんが現れなかったら、松島さんはどうするんだろう。そんなことをぐるぐると考えていたら、隣を歩く西橋さんが口を開いた。

「とりあえず、あの人が不審者じゃなくてよかったよ」

「あっそうですね、ほっとしました。松島さん、里奈さんと再会できるといいけど……」

「里奈さん次第だろうね」

私は小さくうなずくと、暮れ始めた空を見あげた。もうすっかり日が短くなって、気がつけば夜が始まっている。

「……なんか難しいですね、親子って。これでよかったのか、正直よくわからなくて」

「僕らが何か言うより、ずっとよかったと思うよ。里奈さんを見守ってきた満天星だからこそ、言えたことだろうし」

確かに私が松島さんに何か言ったところで、きっと満天星の半分も伝えられなかっただろう。ただこのままあの人を放っておいていいのか、私は煮え切らない気持ちでいた。いつもの悪い癖だってわかってるけれど、どうしても気になってしまう。

駐車場に着き車に乗りこむと、後部座席では既に楠が座って待っていた。

「遅かったたな」

「楠ったら、さっさといなくなっちゃうんだもん」

「あの場にいつまでも残っている方が無粋だろう」

にやりと笑む彼に、私は「まあそうだけど」と呟く。

車のシートに身体を預けると、急にだるさを感じた。今日一日の間に色々あったせいで、すっかり疲れてしまったみたいだ。

自宅まで送ってくれた西橋さんに、私は改めてお礼を伝えた。

「今日はありがとうございました。ほんとに助かりました」

「大したことしてないけどね」

「そんなことないです！　ね、楠……ってあれ？」

姿が見えない楠を探して玄関を振り返ると、さっさと縁側へ向かっていく背が見える。

「相変わらずそっけないいんだから……」

「どうかした？」

「あ、いえなんでもありませんっ。ではまた」

ぺこりとお辞儀すると、一瞬の間があった。西橋さんの顔を見ると、漆黒の瞳(ひとみ)がじっとこちらを捉えている。

「あの……」

「東平さん。気になることがあるなら相談して。一人で悩む必要はないんだから」

「あ……」

もやもやした気持ちを抱えていたのが、顔に出ていたのだろう。楠にいつも言われている通り、やっぱり私は「わかりやすい」に違いない。

表情を読み取られるのが恥ずかしくて、思わず俯いてしまう。

「……あの、私どうしても松島さんのこと放っておけなくて。お節介だってわかってるんですけど……このまま結末を見届けずにいるのが嫌なんです」

「なるほど。君らしいね」

恐る恐る顔を上げると、西橋さんは柔らかく笑んでいた。呆れられるとばかり思っていただけに、内心ほっとする。

「じゃあ東平さんも満天星と一緒に、見届けてみたらどうかな。彼が不審者ではないとわかったんだし、君がしたいようにするのがいいと思うよ」

「そうですよね……はい、そうしてみます！」

ぱっと顔を明るくする私を見て、彼は「僕も一緒に行ってあげられるといいんだけどね」と苦笑する。

「そこまでご迷惑はかけられません。お仕事忙しいのわかってますから、今日付き合ってもらえただけで十分です」

西橋さんは軽くうなずくと、「じゃあまた」と帰っていった。車が走り去るのを見送ってから、私は縁側へと向かう。

既にくつろぎ始めていた楠は、私の姿を認めるといつも通りの微笑を浮かべた。

「西橋殿は帰ったのか」

「うん。楠ったら挨拶もしないまま行っちゃうんだから」

「視えない相手に挨拶も何もない。それに俺がいない方が話せることもあるだろう」

そんなことないと言いかけて、飲み込んだ。確かに自分の中にあったもやもやを口に出せたのは、西橋さんが声をかけてくれたからだ。

さっそくごろ寝を始めようとする楠に、気になっていたことを問いかける。

「ねえ、楠。今日私が他の人に木精を視せた方法だけど……おばあちゃんもやってたの？」

「いや、吉乃にそんな能力はなかったはずだ」

「そうなの？　じゃあどうして私にはできたんだろう……」

起き上がった楠は、腕組をしながら考えるように視線を馳せた。

「おそらく、としか言いようがないが。咲自身で開花させたのだろう、その力を」

「私自身で？」

「介在者であろうと努力し、実際に行動し続けた。その結果と俺は思うがな」

「そっか……」

楠の言葉が、なんだか嬉しかった。もし自分自身の努力で手に入れたんだとしたら、それはとても価値があることのように思えたから。

その後検証してみた結果、触れれば誰でも精霊が視えるわけではないことがわかった。たとえば吉乃おばあちゃんに試してみたけど楠を見ることはできなかったし、無意識に触れた相手が精霊を視るということもなかった。

どうやら私の意思だったり、何かしらの条件だったりが影響しているようなんだけど、まだまだ詳しいことまではわからない。

次の日から私は、時間が合うときはできるだけ満天星の元へ通った。

松島さんは私に気づいても特に反応することはなく、ただひたすら歌い続けていた。その様子を見守り続ける満天星の表情は相変わらず厳しいけど、もう「奴を追い出せ」ということはなくなっている。

一週間経っても、里奈さんは現れなかった。

落葉が始まった満天星は、既に半分近い葉を落としている。地面は日に日に赤で埋め尽くされ、ベンチに座る私の足元を漂う空気も冷たさを増していた。

週末には西橋さんも顔を出してくれた。彼は今若手の医師が集まるセミナーで忙しいらしく「長居できなくてごめん」と言っていたけど、気にかけてくれただけで十分だった。

そして、二週間近くが経ち。

満天星の紅葉は、終わりを迎えようとしていた。結び灯台のように分かれた枝々にはもう、数枚の葉しか残っていない。

祈るような思いで公園を訪れると、松島さんが満天星の木を見つめていた。気だるげにも寂しげにも見える横顔に、私は声をかけてみる。

「もうすぐ散っちゃいますね」

「案外長いこと残ってんだな。桜みてえにあっという間に散るのかと思ってたけど」

それだけ言うと、松島さんはギターを取り出しいつも通りかき鳴らし始めた。何度も聞いた出だしのメロディからサビのワンフレーズを歌い終えたところで——急に演奏が止まった。

「あの娘だ」

満天星の声ではじかれたように入口を見やると、こちらへ歩いてくる、若い女性が目に入った。

遠目に見てもはっきり分かるくらいの派手な髪色、ベビーピンクのゆるっとしたトレーナーの上にもこもこしたパーカーを羽織り、短いスカートから伸びた足はヒールの高いブーツで覆われている。

いかにもギャルな雰囲気の彼女は、私たちの姿を目に留めると、一瞬立ち止まった。こちらを窺う黒く縁どられた瞳には、戸惑いや疑心の色が浮かんでいるように見える。

この人が里奈さんだろうか。だとしたら、私がこの場にいるわけにはいかない。

「じゃあ私はこれで」

慌てて立ち去ろうとすると、いきなり松島さんに首根っこを摑まれた。

「きゃあ！」

「おい咲殿に何をする！」

「ちょっと松島さん!?」

目の前に現れた満天星に動揺する余裕もなく、彼は「逃げんなよ」と目を泳がせている。

「いや、私がいる方がおかしいですよね!?」

「頼むからいてくれって。何話せばいーかわかんねえんだよ」

「そ、そんなあ……」

私は首根っこを摑まれたまま、その場に立ち尽くすしかなかった。満天星は額に手をやったまま「楠殿がいなくて、むしろよかったかもしれんな……」と呻いている。

里奈さんらしき女性は私たちを見比べてから、松島さんの方をにらみ据えた。

「あんた、あしながおじさん？　足長くないけど」

「……お前、里奈か？」

その問いには答えず、彼女はうんざりしたように顔をしかめた。

「てかなに、あのへったくそな歌。歌上手いんじゃなかったの？　マジ恥ずいんだけど」

「あー……えっと……わりい、あれは嘘だったたっつうか。お前が歌好きだって言ってたから……ついな」

しどろもどろに答えながら、松島さんは戸惑い気味に里奈さんを見やる。

「……つうかよ、お前も手紙でのイメージと違うな。もっとなんか……大人しい感じかと思ってたわ」

「あんなの、盛ってたに決まってんじゃん。気づかなかったの？」

さもおかしそうに笑う彼女を見て、松島さんは脱力気味に呟く。

「マジか。なんだよ……俺と一緒だったのか」

「そうだよ、親子だもん」

その言葉を聞いた松島さんの目が見開かれた。里奈さんの顔をまじまじと見つめ。

「気づいてたのか？」

「当たり前じゃん。あたしみたいな子供にプレゼントとか、ふつーに親以外ありえないし。見知らぬ誰かに夢見るような生活送っちゃいないから」

心底呆れたような視線を向けられ、松島さんは絶句していた。里奈さんはちらりと私を見やり、嫌悪感むき出しといった様子で松島さんをにらむ。

「てかその女なに？　まさかあたしと年変わんない女に手出してんの」

「あ、いえ私はただの付き添いというか巻き込まれというか」

「は？　意味わかんないし」

「ですよね私も意味わかんないです」

できれば今すぐこの場から立ち去りたい。なのに松島さんは一向に離してくれないというか、たぶん完全に私の存在を忘れているんだと思う。

そして里奈さんの方も、既に私への興味はなくしたようだった。松島さんをにらんだまま、微かに唇を噛む。

「……なんでもっと早く、会いにきてくんなかったの」

返ってくる言葉はない。

黙り込む松島さんに、彼女は苛立ったように畳みかけた。

「あたし、ずっと待ってたんだよ。毎年毎年、馬鹿みたいにここに通ってさあ。ちゃんと手紙に書いたよね？　読んでなかったの？　それとも読んだのにシカトしてたの？」

「……わりぃ」

ようやく出てきたひと言に、里奈さんはこぶしを握り締めた。大きく深呼吸してから、低く、冷ややかな声音で言い放つ。

「あんたのことなんて親だと思ってないから」

「……わかってるよ。今更父親面するつもりなんてねえし」

次の瞬間、里奈さんは肩から下げていたバッグを投げつけた。驚いた表情の松島さんへ爆発したように叫ぶ。

「ほんと最低！　マジ最低！！！」

つやつやに塗られた唇はわななき、怒りで全身が震えているのがわかる。

「もっとショック受けろよ！　泣いて謝れよ！　あたしがどんだけ寂しい想いしたと思ってんの？　あんたの気まぐれでずっと期待しては裏切られてばっかりだった。中途半端に気にかけんじゃねえよ！　あんたの自己満のために利用されんのはまっぴらなんだよ！」

苦しそうに息をしながら松島さんを睨む姿は、積もり積もった怒りをようやく吐き出せたように見える。けれどその瞳はとても哀しそうで、私は胸が詰まってしまう。

「……本当に悪かった。俺はそんなつもりじゃなかった」

「あんたの本心とかどうでもいい。十五年間あたしをシカトしたことだけが事実だから」

軽く目を伏せた松島さんは、はは、と自嘲めいた笑みを漏らした。

「言い訳のしようもねえな。お前の言う通りだ」

二人のやりとりを見守っていた私は、訳の分からない焦燥感に駆られていた。

里奈さんの怒りはもっともで、松島さんみたいな親を許せなくて当然だろう。でも彼女はまだ何かを諦めていないように見える。そのことに松島さんは気づいているのだろうか……。

「里奈……俺にどうしてほしい？」

「知らない、自分で考えれば」

にべもない返しに、松島さんは困った様子で頭をわしわしとやる。

「まあ今すぐ消えろっつうんなら、そうするけどよ……」

そのとき、もの凄い形相でにらんでいる満天星が目に入った。

貴様この期に及んでまた逃げる気か？　とでも言わんばかりで、どうやら松島さんもその鬼迫を感じたのだろう。「めっちゃ怖ぇ……」という呟きが聞こえてくる。

「そんな顔すんな、もう逃げも隠れもしねえよ」

言い切ってから、彼は里奈さんの方へ改めて向き直った。

「どうすればいいのかわかんねーけど。とりあえず、思ってること伝えるわ」

松島さんを見つめる里奈さんの表情は、不安そうだった。また裏切られるんじゃないかっていう思いが、きっと湧き上がっているんだろう。

「今さら許してもらおうなんて、虫の良いことは言わねえよ。俺みたいな父親なんて、ろくなもんじゃねえしな。二度と顔見せんなっつうんだったら、そうする。ただ……」

彼の気だるそうな横顔に、初めて見る優しげな微笑が浮かんだ。

「お前が今日ここに来てくれたことに、俺は賭けてみてえんだ」

里奈さんの瞳が大きく見開かれ、まるで時が止まったかのように松島さんを凝視していた。やがて彼女は俯くと肩を震わせ、苦しげな声を絞り出す。

「うー……むかつく……なんで来ちゃったんだろ……」

その頬には雫が伝っていた。ぼろぼろと涙をこぼしながら、彼女は心底悔しそうな表情で言葉を吐く。

「諦めたつもりだったのに。もう親のことなんて忘れたつもりだったのに……っ」

何度も、何度も。

いったい彼女はどれほどの間、同じ葛藤を繰り返してきたのだろう。子供のように泣きじゃくる里奈さんを前に、気がつけば私は口を開いていた。

「――ほんと、最低だよね」

ようやく私の存在を思い出した松島さんが、手を離してこちらを見やる。

「里奈さんばっかり追いかけて、裏切られて……それでも諦めきれなくて。こんな人、娘に捨てられて当然なのに」

気がつけば私も泣いていた。あふれる涙を手の甲でぬぐいながら、固まったまま私を見つめる松島さんへまくし立てる。

「もっと怒られればいいんだよ。もっともっと悩めばいいんだよ！　里奈さんがどんな思いでここに来たのか、もっともっともっと思い知ればいい！」

悔しかった。哀しかった。

いつだって想いの強いほうが、届かない感情のやり場を無くして出口を見失ってしまうのに。

いきなり泣きわめきだした私に、その場にいた全員があっけにとられていた。

「……ごめん、自分でも何言ってるかわからない。でもなんか悔しくて……」

ひとしきり泣いて少しだけ冷静になった私は、みるみるいたたまれなさに襲われる。里奈さんはぽかんとして私を見つめていたけれど、やがてぷっと吹き出した。

「ほんとなんなの、あんた」

「私もそう思う……」

うなだれる私にひとしきり大笑いした里奈さんは、吹っ切れたようにひと息ついた。

「あーなんかすっきりした。とりあえず言いたいことは言ったし、帰る」

きびすを返す彼女の背を、松島さんが「お、おい……」と呼び止めた。立ち止まった里奈さんは、一瞬黙り込んでから。

「手紙出すから。住所、前のところでいい？」

「あ、ああ。あの私書箱は残してあっから。なんなら俺の住所教えるし」

「…………約束、守ってくれてありがとう」

小さくそれだけ言うと、彼女は振り返らず去っていった。

その後の松島さんは、何を話しても上の空だった。

もぬけの殻のようにふらふらとギターケースを抱えると、中身は置いたまま帰ろうとする有り様で。ちゃんと家にたどり着けるのか、心配になったくらいだ。

彼を見送った満天星が、やれやれといった様子で息を吐いた。

「人間というのはやっかいだな。あんな男でも親となれば情を捨てきれずにいるのだから」

「そうだね。親子って良くも悪くも簡単には切れないものだって言うし……。二人がこれから良い方向にいってくれるといいんだけど」

「……私は羨ましかったのかもしれぬ」

ぽつりと呟いた満天星の瞳には、さまざまな感情が揺れ動いているように見えた。

「節度の中でしか生きられぬ私には、あの娘の感情は理解できぬ。あの場で喚きだしたおぬしのこともだ。理屈を超えた先にあるものを、私が知ることはないのであろうな」

「うーん……そうでもないと思うよ」

私の言葉に、彼女がぴくりと片眉を上げた。

「どういうことだ？」

「満天星はさ、松島さんがここで歌うのが嫌で嫌でしょうがなかったんでしょ？　でも歌い続けろっていったじゃない」

「あ、あれはあの娘のためで……」

「そうだったかもしれないけど。もし理屈で考えてたんだとしたら、里奈さんが来ない可能性が高い場所で歌い続けろなんて、言わないんじゃないかな」

満天星は驚いたように黙り込むと、やがて降参したようにうなずいた。

「咲殿の言う通りかもしれんな」

「結局ね、私たち放っておけなかったんだよ。松島さんのこと」

どうしようもない人だと思いつつ、あの無責任で不器用な姿を見過ごせなかった。

「そういう気持ちって、たぶん理屈じゃないんだろうなって」

「……そうだな」

一番星が輝き始めた空を見上げる満天星は、凛々しく美しかった。

きっと夜空が星で埋め尽くされても、その輝きはかすんだりしないんだろう。燃えるような炎の奥に、秘めた情熱を結晶のように集めてきた彼女だから。

里奈さんが満天星の名を知る日が来てくれますように。

私はそう願いながら、帰路についた。

そして、二週間が経ち。私は西橋さんと噴水公園を訪れていた。

松島親子の話を直接伝えたかったのと、噴水時計を見たことが無いという彼の希望もあってここで話をすることにした。間が空いたのは西橋さんが多忙を極め、なかなか休みが取れなかったせいだ。

事のあらましを聞いた西橋さんは「満天星の荒療治が功を奏したわけだね」と微笑んだ。

「まさかほんとに里奈さんが現れるとは思ってなかったですけど……。なんか、分かる気がするんですよね。彼女の気持ち」

こちらを見やる西橋さんに、私は続けた。

「もう諦めたって思っても、心のどこかでずっと期待してる。もしかしたら、いやでも……って気持ちを繰り返しながら、あの日ついに我慢できなくなったんだろうなって」

笹森君を諦めたときも、同じだった。完全に忘れたつもりなのに、心のどこかでもしかしたらと期待しては打ち消すの繰り返し。親子という縁の深さを思えば、ずっとその葛藤は強かっただろう。

西橋さんはそうだね、と小さくうなずいて。

「人は誰でも、節度の狭間で揺れ動いているものだよ。きっとそれは木精だって例外ではないだろうし」

「……そうですね」

だからこそ、白木蓮や槐たちは私に手を伸ばした。あれは彼らの積もり積もった想いが節度の境界を越えた瞬間だったのだろう。

満天星に挨拶したあと、私たちは噴水のある中央広場へ歩みを進めていた。前方から見覚えのある人影がやって来るのに気づく。

「よお、今日はお揃いだな」

アッシュブラウンの髪の下から、気だるげな笑みがのぞいている。

「松島さん！　今日はどうしたんですか」

「別にどうもしねえよ。俺ん家近所だから、ちょっと散歩に来ただけ」

今日の松島さんはさすがに寒かったのだろう、下は相変わらずぼろぼろのジーパンだけど、上はダウンジャケットを羽織っている。

「この間は悪かったな。ちょっとテンパっちまって、つい目の前にいたあんたの」

「あー大丈夫です！　大したことじゃありませんから！」

首根っこを掴まれたときは、正直もの凄く困った。けれどなんとなく西橋さんの前でその話はしづらくて、慌てて話題を変える。

「えっと、あれから里奈さんとはどうですか」

「ああ、手紙が来てよ。そこに連絡先とか書いてあったから、電話してみた」

「そうだったんですね。ずっと気になってたからよかった……」

ほっとする私を眺めながら、松島さんはどこか気恥ずかしそうに言う。

「まあずっと他人みてえなもんだったからな。まだまだぎこちねえけど、それなりにうまくやってるよ」

聞けば、里奈さんのために少しずつ貯金も始めたんだとか。

「娘さんとは時々会ってるんですか」

西橋さんの問いに、松島さんは「まだ一回だけどな」と頷く。

ちなみに今日は食事に誘ってみたところ、彼氏とデートだからと断られたのだそうだ。

「あーあ。里奈もこんなふうに男とデートしてんだろうな」

うんざりした表情で私たちを見やる松島さんに、私は手を振って否定する。

「いえ、西橋さんとはそういうんじゃないですから」

「はあ？　年頃の男女がツレだってるとか、カップル以外ありえねえだろ」

「偏見ですよ。友達とか仕事仲間とかあるじゃないですか」

「あんた仕事仲間と手繋ぐの？」

「しませんけど！　あ、あれには色々と事情があって……」

しどろもどろになる私を一瞥してから、松島さんは呆れたように「あのなあ」と言いやる。

「言っとくけど、男が特定の女と定期的に会うとか、下心ねえなんてあり得ねーからな？」

「なっ！　西橋さんをあなたと一緒にしないでください！」

「はいはい。じゃーな」

へらへらと笑いながら、松島さんは去っていく。その背が見えなくなってから、私は腹立ちまぎれに西橋さんを振り向いた。

「行きましょう！　噴水の時間もうすぐですし」

私たちは無言のまま、中央広場まで歩き続けた。噴水が見えてきたところで、西橋さんがくすりと笑う。

「まだ怖い顔してる。大丈夫？」

「えっ……すみません。松島さんのこと思い出してたら腹立ってきて……」

大体あの人が里奈さんと再会できたのだって、西橋さんの協力があってこそだ。それなのに下心がどうとか、失礼にもほどがある。

「西橋さんももっと怒ったらいいんですよ。あんなこと言われて」

「……まあ、間違いではないしね」

「え？」

思わず立ち止まった私を、西橋さんは振り返った。漆黒の瞳（ひとみ）がこちらをじっと捉えている。

「それって……どういう意味ですか」

彼はゆっくりと、視線を噴水に向けた。その表情は凪（な）いだ海のままだったけど、何故（なぜ）だか私は胸が締めつけられる。

「初めて会った日のことを覚えてる？」

「……はい。私が垣生先生を尋ねていった日のことですよね。受付で問い合わせてたら西橋さんに声をかけられて……」

「あのとき普段の僕なら、受付スタッフと話している人にわざわざ声をかけたりなんてしない。院長が休みなのは彼女たちが教えればいいことだからね。

　君が病院を出ていったあともそうだ。あれだって、普段ならきっと追いかけてなかった」

　どうしてと問う視線を受け止めるように、言葉が紡がれる。

「考えるより先に体が動いたんだ。なぜなのかずっと考えてたけど、最近やっとわかったよ」

　さあっと風が吹き抜け、落ち葉を舞い上がらせた。染まりきった万葉がひらひらと降り落ちてくる中、西橋さんの静かな声音だけが響く。

「この間、君から失恋の話を聞かされたとき、落ち着かなかった。もしかしたら失恋相手が心変わりをして、君を選ぶかもしれないと思ったら、急に不安になった。その時認めざるを得なかったよ――僕は君の想い人に嫉妬してたんだ」

　こちらを向いた西橋さんと目が合った瞬間、心臓が跳ねた。私は言うべき言葉がわからず、ただ彼を見つめることしかできない。

あの時、夜の海のような瞳の奥で起きていたことに、私は気づいていなかった。

何ひとつ——気づこうとさえしなかった。

立ち尽くす私に歩み寄った西橋さんは、微かに吐息を漏らした。

ほんのりと冷たくて、温かかった手が伸びてくる。指先が頬に触れた瞬間、無意識に身体をこわばらせると、手を離した彼は苦笑した。

「失恋の傷が癒えていない君にこんな話をしても、困らせるだけだよね」

「あの、私……」

その先を遮るように、漆黒の瞳が逸らされる。

「わかっていて言ったんだ。……僕は君が思うほど大人でも、いい人でもない」

どこかでチャイムが鳴り、水柱が一斉に噴き上がった。規則正しいリズムを刻みながら形を変えていく噴水に、人が集まってくる。

「……帰ろう。送ってくよ」

出口に向かって歩き始めた西橋さんの背が、初めて見るもののように思えた。

——人は誰でも、節度の狭間で揺れ動いているものだよ。

いつだって想いの強いほうが、届かない感情のやり場を無くしてしまうのに。

彼に言われた言葉が、頭のなかで何度もこだましていた。

最終章

江戸彼岸桜　――エドヒガンザクラ――　「心の平安」

たとえ傍に在らずとも、
いつだって俺は君の幸せを願い続けている

雪がちらつき始めた一月半ば。

その日の授業が休講になった私は、ひとり自室にこもってぼんやりとしていた。

ここ数日は冷え込みが強くなっているせいで、暖房をつけていても部屋の中が寒い。築百年の古屋に二重サッシなどあるはずもなく、窓ガラスは結露で真っ白になっている。外がまったく見えない窓を眺めながら、ため息をついた。もう何日、出口の見えない感情をかき混ぜてきただろう。

あの日以来、西橋さんとは連絡を取っていない。

彼の告白を受けた後、何も言うことができないまま今に至ってしまった。どうにかしなくてはと思いながらも、今さらどういう顔をして会えばいいのかもわからなくて。

「はあ……最低だ、私」

何の疑問も持たず、西橋さんに甘え切っていた自分に呆れていた。

まさか十歳も年上の大人で、女性に不自由しない環境の彼が、自分をそういう目で見ているとは思わなかったのだ。

——いや。ほんとうにそうだろうか

本当は気づかないふりをしていただけなんじゃないか。時おり彼から向けられるまなざしが特別な色を帯びるのを、見て見ぬふりしていたのではないか。

「わかんないよ……」

クッションに顔をうずめると、髪をぐしゃぐしゃとやる。考えれば考えるほど、どうにもならない感情が喚き出し、無理やり蓋をするしかなくなってしまう。

自分は、西橋さんのことをどう思っているのだろう。

笹森君に対して抱いていたような強い感情はないはずだ。どちらかというと楠に対して感じるような、信頼や安心感に近いと思う。

でもあの日、確かに私の胸は強く高鳴り、締め付けられた。彼の告白にショックを受けている反面、どうしようもなく跳ねる鼓動を抑えられないでいる。

私は、

私は――

「どうした、ずいぶん酷い顔だな」

縁側に出てきた私を見て、楠が目を見張る。何も言わず彼の隣に座ると、しばらくの間雪が舞い降りる庭を眺めていた。

「咲。そんな格好でいたら風邪を引くぞ」

「……ねえ、楠。楠って誰かを好きになったことある？」

その問いに彼は沈黙したあと、わずかに吐息を漏らした。

「ずいぶん昔にな」

思わず振り向いた。どうせはぐらかされるだろうと期待していなかっただけに、驚きが大きかった。

「その相手のことどれくらい好きだった？　いつ好きだって自覚したの？」

「なんだ藪から棒に」

怪訝そうに眉をひそめる彼に、はっとなる。

「ご、ごめん。ちょっと色々混乱してて」

自分のことを語りたがらない相手を、あれこれ詮索するのはやめよう。そう決めていたはずなのに、また問い詰めるところだった。

しゅんとなる私の耳に、楠の低く落ち着いた響きが届いた。

「――己のすべてを捨ててもいいと思った」

「……え？」

「本気で誰かを好きになるというのは、そういうものではないのか」

「あ……なんだ、びっくりした。楠がそうだったのかと思った」

彼は何も言わず、庭へ視線を移した。積もり始めた雪を見つめる横顔は、心なしかいつも以上に神秘性を纏っているように見える。

「咲ちゃん、ちょっといい？」

かけられた声に振り向くと、部屋から出てきた吉乃おばあちゃんが手招きしている。

「どうしたの、おばあちゃん」

「これ、ご近所でいただいたの。一緒に食べない？」

しわくちゃの小さな手には、桔梗屋の饅頭がふたつ乗せられていた。

おばあちゃんの部屋に入ると、ストーブの上でやかんが柔らかく湯気をのぼらせている。

「お茶を淹れましょうね」

「あ、いいよ。私がやるから」

急須に茶葉と二人分のお湯を注ぎ、こたつに持って行く。おばあちゃんはよっこらしょ、といつもの座布団の上に座ると私が湯飲みにお茶を淹れる様子をにこにこと見守っていた。

こたつに入りお饅頭を手にすると、なんだか気持ちがほっとする。懐かしいような、よく知っているような匂いがするおばあちゃんの部屋が私は好きだ。

「美味しい。やっぱりこのお饅頭は最高だね」

そうねえとおばあちゃんは頷いた。

「咲ちゃんの笑顔が見られてよかった。最近元気が無いようだったから」

「あ……ごめん。心配かけちゃったね」

「いいえ。おばあちゃんも咲ちゃんくらいの頃は、よくいろんなことに悩んだもの」

ふふっと笑ってから、おばあちゃんはゆっくりとお饅頭を口にする。

「おばあちゃんの若い頃ってどんなだったの？　なんか想像つかないなあ」

「楠さまはなんとおっしゃってた？」

「咲ほど手がかからなかったって」

唇を尖らせる私に、おばあちゃんは「そんなことないのにねえ」と笑う。

「咲ちゃんはしっかりしているし、ちゃんと自分で決められる子だもの」

「おばあちゃんはそうじゃなかったの？」

その問いにそうねえと瞳を細めてから。

「おばあちゃんがもうちょっとしっかりしてたら、あの方にご迷惑をかけずにすんだかもしれないわねえ」

おばあちゃんはお茶をすすってから、思い出したように私を見た。

「ああそうだわ、咲ちゃん。ちょっとお願いしたいことがあるのだけれど」

話によると、近頃体調がすぐれないため、訪問診療ができるお医者さんを探してほしいとのことだった。車に乗れないおばあちゃんが病院に通うのは、負担が大きいからだろう。

「体調悪かったんだ……ごめん私何も気づかなくて」

自分のことでいっぱいで、おばあちゃんの変化に気づきもしなかった。おばあちゃんは私のことをちゃんと見てくれているのに。

「もう年だからねえ。あちこち調子が悪いのはしょうがないのだけれど。ここ最近は少し、歩くのもつらいときがあって」

「わかった。訪問診療している病院知ってるから、すぐに相談してみるね」

私は勇気を出して、西橋さんに連絡してみることにした。垣生医院が訪問診療を行っているることは彼から聞いているし、知らないところに頼むより安心だと思ったから。

電話に出てもらえない可能性も考えたけど、西橋さんはちゃんと出てくれた。事情を伝えたら「わかった、僕が行くよ」とすんなり応じてくれたので、ほっと胸をなでおろす。

「おばあちゃん、今日さっそく来てくれるって」

「そう。ありがとうねえ、咲ちゃん」

私こそありがとうと、おばあちゃんに伝えたかった。いつもいつも、私は周りに助けられてばかりだ。

その日の午後。雪がみぞれに変わる中、約束通り西橋さんは看護師と共に姿を現した。

「お久しぶりです。今日はよろしくお願いします」

お辞儀をすると、「こちらこそよろしく」と穏やかな声が返ってくる。

一ヵ月ぶりに会った西橋さんは、いつもと変わらず凪いだ海だった。

今日は仕事で来ているから全身黒ずくめで、私はちょっとだけ気後れしてしまう。縁側を通り抜けるときに楠が驚いた顔を見せたけど、何も言うことはなかった。

「東平吉乃さんですね。咲さんから聞いているかもしれませんが、僕は垣生医院で医師をしている西橋といいます」

「咲ちゃんのお知り合いの方と伺いました。寒いなか、ご足労をおかけしました」

丁寧に礼をするおばあちゃんに礼を返し、西橋さんは「ではまず、現在の体調について教えてください」と問診を始めた。

付き添いの看護師に指示を出し、てきぱきと診察をこなす姿を見ていると、憧れよりも寂しさを感じてしまう。まだ何者でもない自分との差を、はっきり自覚してしまうから。

ひと通りの診察を終え、彼はおばあちゃんと私を交互に見た。

「今のところ急を要する異常は見られませんでした。ただ少し疲労が溜まっているようなので、点滴をしておきましょうか。身体も楽になると思いますから」

お願いしますと伝えると、西橋さんは看護師さんに点滴の準備を頼んだ。彼と居間へ移動した私は、点滴が終わるまでの間、症状や薬について説明を受けていた。

「急なお願いだったのに、ありがとうございました。おばあちゃん大したことなさそうでよかった……」

重い病気だったらどうしようと、不安で仕方なかった。西橋さんは「年齢的にどうしても疲れが溜まりやすいからね」と言いながら、カルテを閉じる。

「しばらくは無理をさせないであげて。急に冷え込んで、体に堪えてるだろうから」

「わかりました」

それと、と彼はついでのような口調で告げた。

「忘れていいから」

「え？」

「この間言ったこと。なかったことにしてくれればいい」

淡々と言い切る西橋さんを見つめていたら、急に怒りが込み上げてきた。

「勝手なこと言わないでください」

驚いたようにこちらを見やる彼に、声を絞り出す。

「そんなの……忘れるとか無理に決まってるじゃないですか」

私はこんなにも悩んでいるのに、この人の気持ちはその程度だったんだろうか。彼の好意に戸惑っているくせに、そんな苛立ちが湧き上がる自分が信じられなかった。

西橋さんは気まずそうに目を伏せ「ごめん」と呟いた。

「訪問診療、別のドクターに代わってもらおうか。君も気まずいだろうし」

「いえ。西橋さんにお願いしたいです。その……信頼してますから」

彼はしばらくの間沈黙していたけど、やがてわかったと頷いた。

「信頼してくれてありがとう」

ほんの少し浮かべた微笑は、今日もさざ波のようだった。

点滴が終わり、一週間後に様子を確認しにくると告げて、西橋さんは帰っていった。

その背を見送りながら、私は胸の奥が疼(うず)き続けるのを感じていた。

結局彼の優しさに甘えてしまっている罪悪感と、再び彼との縁が繋(つな)がった安堵(あんど)感がせめぎあっている。曖昧(あいまい)な態度を取り続けている私こそが、勝手な人間なのに。

「吉乃は大丈夫なのか」

振り向くと、いつのまにか楠が立っていた。

その表情はいつになく不安げで、普段の飄々(ひょうひょう)とした風体がなりをひそめている。

「ここのところ寒かったから、体に堪えたんだろうって。点滴してもらったから、楽になるはずだよ」

「そうか。ならいいが」

「おばあちゃんも年だからね。しばらくは無理させないよう、家事も私がするから」

安心させるように笑ってみせると、楠は頷いてから小さく吐息を漏らした。

「もどかしいな、こういうときは。俺には何もしてやれん」

「傍(そば)にいてくれるだけで十分だよ。守り神ってそういうものでしょ？」

「俺は神ではないがな」

苦笑する彼に、私はそんなことないとかぶりを振る。

「うちの御神木だもの。守り神みたいなものだよ」

いつもあの縁側で「おかえり」と迎えてくれる。話を聞いて、迷ったときは背中をおしてくれる。楠がいてくれたからこそ安心できたし、前にだって進んでこられた。きっと若い頃のおばあちゃんだって、そうだったはずだ。

「あ……そういえば。楠は〝千歳さま〟に会ったことある？」

その問いに、彼の横顔がわずかに反応した。

「吉乃が言ったのか」

「うん。昔、おばあちゃんと親しかったらしいの。凄く神々しくて憧れだったらしいんだけど、私はあの木に木精がいるのを見たことがなくて……」

楠は一瞬沈黙してから、淡々と答えた。

「あいつのことは知っているが、居なくなっているのならそういうことなんだろう」

「そういうことって？」

「居られなくなった、ということだ」

どういう意味なのか考えて、思い当たることを口にする。

「それって……もしかして、あの木が花を咲かせなくなったことと関係がある？」

「さあな、詳しいことまでは俺にもわからん。それより吉乃の様子を見てきてやれ」

「あっそうだった」

楠に促され、慌てておばあちゃんの部屋へ向かう。中に入ると、ベッドから身体を起こしたおばあちゃんがひと息ついているところだった。さっきよりも顔色が良くなっているように見える。

「おばあちゃん、気分はどう？」

「ああ、咲ちゃん。だんだん楽になってきたわ。西橋先生にもお礼を伝えておいてね」

「また来週様子を見に来るって。それまで無理しちゃだめだよ、社(やしろ)の掃除も私がするから」

ありがとうねえと言ってから、おばあちゃんは少ししんみりした表情を浮かべた。

「年を取るとだんだん出来ないことが増えて、ちょっと寂しくなっちゃうわね」

「元気になれば、また色々できるようになるって。楠も心配してたよ」

「まあ……ご心配おかけしてすみません」

まるでそこに楠がいるかのように、おばあちゃんはお辞儀する。昔の二人もこんな風にやりとりしていたんだろうか。そう思うと、なんだかちょっと温かい気持ちになった。

翌朝は昨日の雪が嘘(うそ)のように、柔らかな日差しが降りそそいでいた。

おばあちゃんは点滴のおかげでだいぶ調子がよくなり、朝食のあとはのんびり好きな映画を鑑賞している。でも日課にしている社の掃除や庭いじりができないせいか、いつもより元気がない。

私は今日の講義は午後からだったため、気分転換を兼ねて散歩に出ることにした。

私が住む町には、中心を流れる大きな川がある。その川を境にして東側を川東、西側を川西と呼ぶ習慣があるんだけど、東平家と喜多川植物園、垣生医院は川西、噴水公園やアン・レジーナガーデンは川東地区にある。

そのどちらにも属さないのが、川の上流にある「上拝」と呼ばれる地域で、千歳桜はそこに立っていた。吉乃おばあちゃんは若い頃、千歳桜の近くにあったみかん農家で手伝いをしていたのだそうだ。それがきっかけで、千歳さまと知り合ったのだろう。

自宅を出発した私は自転車をこぎながら、上拝を目指していた。

「うう……きつい……」

マフラーをしっかり巻いた首元が汗ばんでいる。千歳桜は市内を見渡せる小高い丘に立っているため、そこまでの道はひたすら上り坂だ。東平家も山際に近いところにあるとはいえ、それなりの距離を登っていかなければならない。

「おばあちゃん、こんなのよく通ってたなあ……」

私なら三日で音を上げてしまいそうだけど、本人は「それが当たり前だったからねえ」と笑っていた。

急に千歳桜を見に行こうと思い立ったのは、私自身が『千歳さま』に会ってみたかったのと、もし見つけられたらおばあちゃんを元気づけられるかもしれないと考えたからだ。

私にできることなんてこれくらいだけど、私にしかできないことでもある。大好きな吉乃おばあちゃんに笑ってほしくて、私は息を切らせながらペダルを踏み込み続ける。

ようやく坂の上まで登りきると、自転車を停め前方に広がるなだらかな草地を歩いた。最近は訪れる人もほとんどいないのだろう。以前は丁寧に刈り込まれていた草が、今は人ひとりが通れる程度にしか刈られていない。

奥に立つ巨木を私はしばらくの間見つめていた。

「やっぱり大きいなあ……」

この町で最も大きく、最も長く生きている千年桜。樹齢は千五百年を超えると言われているけれど、正確なところはわからないらしい。よく見るソメイヨシノではなく『江戸彼岸桜』という種類で、桜の中でも特に長生きするのだそうだ。

この町を一望できる地に根ざす幹は、大人が数人がかりでやっと囲えるほど。大きく分かれた葉の無い枝々は、空に向け弧を描くように広がっている。

「満開の花が咲いたところを、見てみたいなあ……」

木姿だけでも、見入ってしまう雄大さがあるのだ。花を咲かせた姿はどれほど美しく、見る者を圧倒してきたのだろう。

私が産まれた頃には咲かなくなっていたと聞いているけど、枯れているわけではないらしい。花を咲かせるためにはかなりの体力を消耗するため、年老いた木には辛いのだろう。とはいえ夏に芽吹くこともせず、あの状態でずっと生き続けているのは不思議だと、喜多川先生が言っていた。

昔は桜の季節になると多くの人がここを訪れていたそうだけど、今は咲かない桜の元に集まる人もいない。きっと千歳桜の存在すら、知らない人も増えてきているんだろう。

私は木精の姿がないか、辺りを見渡した。

木だけでなくその周辺を探してみたけれど、それらしい姿は見つからなかった。ひっそりとした気配の中に、私以外の存在を感じることもない。

「やっぱりいないか……」

楠が言った通り、千歳さまはなんらかの理由で宿木からいなくなってしまったのだろう。せめてどうしていなくなったのかわかれば、おばあちゃんに報告もできるのだけれど。

私はため息をつきながら、眼下に広がる景色を見下ろした。すぐ傍を流れる川に沿って、町が東西に分かれているのがここからだとよくわかる。

「……西橋さんなら何て言うかな」

そう呟いて、ばつの悪さを感じる。最近の私は何かと彼に相談する癖がついていた。今もあの人ならどう意見してくれるか、無意識に考えてしまっている。

私は雑念を振り払うように、もう一度千歳桜に歩み寄った。幹に触れてみると、思ったほど樹皮はごつごつしておらず、心なしか温かみすら感じられる。

たとえ葉も花もなくても、この木は確かに生きている。

長い長い時をかけて、町や人が変わっていくさまを、千歳桜はこの場所で見守ってきたのだろう。私には想像もできない時の流れが、この木の中に詰まっている。

根元付近に咲いていた水仙を摘み、そっと匂いをかいでみた。胸がすくような甘く爽（さわ）やかな香りが、優しい気持ちにさせてくれる。

――いつか、あなたに会えますように

そう祈りながら、丘を後にした。

家に帰り門扉を抜けると、縁側の方から話し声が聞こえた。楠だろうかと覗（のぞ）いてみたら、案の定彼の姿はあったものの、それ以外の人影は見えない。

「咲か。おかえり」

「ただいま。誰か来てたの？　話し声がしたけど」

「ああ。こいつだ」

楠が指した縁側の下で、茶トラ猫が丸くなっている。私の顔を見ると「にゃあ」と鳴いた。

「ふくだったんだ。外にいると寒いもんね」

それでもふくは猫なりにわきまえているらしく、縁側より中に入ろうとしたことは一度もない。猫はなわばり意識や警戒心が強いというし、ふくなりのテリトリーというものがあるのだろう。

「あ、おばあちゃんに変わったことはない？」

「異変は特に感じていないがな」

「そっか。この水仙、千歳桜の根元に咲いていたから持って行ってあげようと思って」

その言葉に楠が眉を上げた。

「行ったのか。あの場所に」

「やっぱり木精がいないか気になって。見つけたらおばあちゃんを元気づけられるかもしれないって思ったんだけど……いなかった」

「……そうか」

「どこ行っちゃったんだろうなあ……」

私は縁側に腰かけながらため息をつく。

「ねえ楠、木精は宿木が枯れたらどうなるの？　やっぱり死んじゃうの？」

「そうだな。宿木は俺たちにとって魂の入れ物みたいなものだ。入れ物が無くなれば現世にはとどまれなくなる」

「そこは人と同じってことなんだね」

じゃあやっぱり千歳さまはこの世にとどまれなくなってしまったんだろうか。宿木自体はまだ枯れていないはずだけど……。

もやもやした気持ちは晴れないものの、どうすればいいのかわからない。結局千歳桜のことも西橋さんのことも前に進まないまま、時間だけが過ぎていった。

あっという間に一週間が経ち、西橋さんが再び診療に訪れる日がやってきた。

朝から私は妙にそわそわして、うっかり目玉焼きを焦がしてしまった。大学の講義が終わってまっすぐ帰ってきてから、今も時計ばかりを気にしている。

「そうだ、着替えないと」

部屋着のままではいられないけど、あまり気合の入った服もおかしい。何を着ようか迷っていると、スマホが音を立てた。

西橋さんかと思い慌てて画面を開くと、両親からの写真付きメッセージが届いていた。船のデッキらしき場所で仲良く写る父と母を見て、笑みがこぼれる。

「二人とも満喫してるなあ」

両親は十日ほど前からクルーズ船で長旅に出かけていた。今年銀婚式を迎える二人は思い切って長期休暇を取り、母の憧れだった船旅をすることにしたのだそうだ。

おばあちゃんの体調不良については、迷いながらも報告していない。せっかくの旅行を邪魔したくないと、本人が強く希望したためだ。

「あっいけない。もう時間が無い」

結局私はシンプルなニットワンピースに着替え、西橋さんの到着を待った。

時間通りに現れた彼は、今日も変わらず黒ずくめで、静の佇(たたず)まいを纏(まと)っている。

「今日もよろしく」

彼の顔を見たとたん、不思議なくらい安堵(あんど)感が広がった。漆黒の瞳(ひとみ)が柔らかく細められるのを見るたびに、胸がどきどきする。今まで何度も見てきたはずなのに、どうしてこんなにも気になってしまうのだろう。

西橋さんはおばあちゃんの診察を終えると、安心したように頷(うなず)いた。

「前回よりだいぶ良くなっていますね。この調子でしばらく続けてみましょう」

今日は再診ということもあり、あっという間に診察は終わっていく。前回と同じように点滴をして薬をもらうと、西橋さんは帰っていった。とたんに寂しさが胸をよぎる。

次は二週間後だと言っていた。このままおばあちゃんが元気になれば、もうここには来なくなるんだろうか。それは喜ばしいことのはずなのに、ざわざわとせり上がってくる心細さをぬぐい切れないでいる。

薬の整理をしようと居間へ向かうと、テーブルの上に見たことの無いペンがあるのに気づいた。

「これ……西橋さんのかな」

瑠璃色の銅軸になめらかな曲線を描くペン先、ひと目見て高いものだとわかる。さっきここで彼から診療内容について説明を受けていたから、そのときに忘れていったのだろう。のだろう。メッセージで伝えると、仕事終わりに取りに寄ると返信があった。

その後夜八時近くになって、西橋さんから連絡が来た。仕事が長引いて遅くなってしまったそうだ。

門扉を出たところで待っていると、しばらくして宵闇の中に車のヘッドライトが現れた。車から降りた彼は、驚いたように駆け寄ってくる。

「家の中で待ってればよかったのに」

「おばあちゃんがうとうとしてたから、起こしたくなくて」

それを聞いた西橋さんは、しまったという表情を浮かべた。

「うっかりしてたな。寒かっただろうに」

「いえ、大丈夫です」

本当は鼻水が出そうなくらい寒かったけど、心配かけたくなくてごまかした。ポケットに入れてあったペンを差し出すと、受け取った西橋さんはほっとしたように微笑む。

「よかった。無くしたかと思っていたから」

「大事な物なんですね。誰かからのプレゼントですか？」

「医師の国家試験に受かったときに、恩師からもらってね。仕事のときはずっとこれを使ってるんだ」

「いつも使ってるものがないと、落ち着かないですもんね」

西橋さんはうなずくと、ペンをダウンジャケットのポケットにしまう。中に見える服はスクラブで、おそらく仕事が終わって着替える間もなくここへ来たのだろう。

「遅い時間にごめん。じゃあ僕はこれで」

「あっあの」

思わず呼び止めると、漆黒の瞳がこちらを捉えた。

「少し時間ありますか。相談したいことがあるんですけど」

私は千歳桜についての話をした。木精が宿木からいなくなっていること、おばあちゃんのためにも見つけてあげたいことを伝えると、西橋さんは少し考えてから。

「千歳桜を知っている木精は他にいないの？　それだけ長く生きていればいそうだけど」

「あ……確かに」

この町に住んでいれば一度は耳にするくらい、有名な木なのだ。楠以外に知っている木精がいてもおかしくはない。

「探してみますね。ありがとうございます」

お礼を伝えてから、思い切って切り出す。

「あの、西橋さん」

「うん？」

「勝手なことだとはわかっているんですけど……。もし迷惑じゃなければ、また時々相談に乗ってもらえませんか。やっぱり西橋さんに話を聞いてもらうと、安心するんです」

こちらに向き直った彼は、しばらくの間沈黙していた。やがて逡巡するように俯いたあと。

「……そうしてあげたいのはやまやまなんだけど」

次の瞬間、腕を摑まれ引き寄せられた。抱きしめられたのだと自覚したとたん、頭が真っ白になってしまう。

「僕も男だからね。またいつこうやって踏み越えるかわからないし」

そう耳元でささやく西橋さんは、まるで知らない男の人みたいだった。彼の体温と微かな消毒液の香り、そして私を抱きすくめる腕の力強さに頭がくらくらする。

動けないでいる私から離れると、西橋さんはこちらを見ないまま告げた。

「やっぱり訪問診療、別のドクターに代わってもらうよ」

「えっ……でも」

「そうするのが一番いい」

最後に見せた顔は、苦い笑みの中に切なげな色を漂わせていた。彼の背が遠ざかるにつれ、見ないようにしていた現実が迫ってくる。

——このまま、会えなくなってしまうんだ。


そう悟った瞬間、足元が崩れ落ちるような感覚に襲われる。

どうしよう。

どうしよう。

嫌だ。行かないで。


私は置きざりにされた子供のように、彼を追いかけた。

「待って——！」

車に乗り込もうとする西橋さんの手を取ると、彼は驚いたようにこちらを見た。私は半ばパニックになりながら、声を振り絞る。

「行かないでください。わ、わたし……私は——！」

そのとき、どすんという衝撃音に遅れて、楠の聞いたことも無い大声が響き渡った。

「吉乃！」

はじかれたように顔を見合わせた私たちは、すぐさま声のした方へ駆けつけた。玄関を抜け台所に入ったところで、倒れている小さな体と傍で立ち尽くす楠が目に入る。

「おばあちゃん！」

悲鳴を上げる私の横をすり抜け、西橋さんは素早くおばあちゃんの状態を確認した。

「……意識がないね」

その言葉に視界が真っ暗になった。全身の力が抜ける私を抱き留めながら、彼は冷静に告げる。

「落ち着いて。脈もあるし呼吸もしてるから」

「でも……でも……！」

「楠君、状況を説明してくれるかな。わかる範囲でいいから」

我に返った楠が、記憶を辿るように話し始める。

「つい先刻、自室から出てきた吉乃は台所へ向かった。おそらく水でも飲むつもりだったのだろうが……。入って間もなくして、小さな悲鳴とともに衝撃音が聞こえてきた」

「なるほど。状況から見て、おそらく何かに足を取られて転倒したんだろう。どこか骨折しているかもしれないし、救急車を呼ぶよ」

西橋さんはスマホで連絡しながら、おばあちゃんに外傷がないか確かめている。その間おばあちゃんはぴくりとも動かず、青ざめた表情で眠ったままだ。

　私は西橋さんの指示通り毛布をかけてあげたことと、彼が楠と話ができるよう触れ続けることしかできなかった。

「吉乃は……吉乃は大丈夫なのか」

　真剣な、それでいてどこかすがるような楠のまなざしに、西橋さんは難しい表情をする。

「脳震とうだけならいいんだけどね……。今の段階ではなんとも言えないな」

　もし他に何か問題があったら、おばあちゃんはどうなってしまうのだろう。考えれば考えるほど、怖くて足が震えそうになる。

　その時、救急車のサイレンが遠くから聞こえてきた。到着した隊員に西橋さんは状況を説明し、私を振り向く。

「車には君が同乗して」

「えっでも」

「大丈夫。僕も病院に行くから」

　こちらを見つめる彼は、安心させるように微笑んだ。私は深呼吸してから頷いてみせる。

　──しっかりしなくちゃ。

　不安で不安で押しつぶされそうだけど、なんとか気持ちを奮い立たせる。出ていこうとする私を楠が呼び止めた。

「咲、あの首飾りを持って行け」

「あっそうだった」

自室から透かし彫りのペンダントを取ってくると、首にかける。どうかおばあちゃんをお守りくださいと祈りながら、救急車に乗り込んだ。


総合病院に着くと、おばあちゃんはすぐさま検査に回された。骨折や出血がないかを、精密検査で調べるのだそうだ。

遅れて到着した西橋さんは、垣生医院のカルテを主治医に渡して何ごとか話している。

私は家族に連絡したけれど、両親はクルーズ船に乗っているのですぐに帰れる状況じゃない。吉乃おばあちゃんの息子である満おじいちゃんは、普段から連絡が取りづらい自由人なせいで、今どこにいるのかすらよくわからない。

「満は相変わらずだな」

付いてきていた楠が、苦虫を嚙みつぶしたような顔で唸る。私は苦笑しつつ。

「まあおじいちゃんはいつものことだから」

ちなみに満おじいちゃんには弟がいるんだけど、遠方に住んでいてしかも運の悪いことに彼自身が手術をした直後で動ける状態ではないとのことだった。

「どうしよう……誰も来られないなんて。私ひとりでどうすれば……」

「大丈夫だ。西橋殿もいるし、咲には信頼できる相手が他にもいるだろう。よく考えてみろ」

楠の強いまなざしは、いつも私を暗い穴の淵(ふち)から引き戻してくれる。

そうだ、私は一人じゃない。

心を寄せ、響き合えた人たちと縁を紡いできたんじゃないか。

私はこれから必要なことを、病院スタッフの人に頼んで詳しく説明してもらった。まず一番に取りかからないといけないのは、おばあちゃんの入院準備だ。

美波(みなみ)に協力を頼もうと連絡すると、「今すぐ行くから！」と勢い込んだ返事があった。

しばらくバイトを休むことを喜多川先生に伝えると、先生は「こちらのことは心配いりませんから」と快諾してくれた。

「何か助けが必要でしたら、いつでも言ってください」

先生から差し出された手が、嬉(うれ)しかった。ここにいると伝えてくれるだけで、不思議と頑張れる気がする。

受付から待合室へ移動していると、意外な人物と遭遇した。

「……里奈(りな)さん？」

化粧や髪形がずいぶん違うせいで一瞬わからなかったけど、彼女に間違いない。ここの制服だろうか、上下動きやすそうな衣服を身に着け、胸に名札をつけている。

「あれ、あんた……」

私の存在に気づいた里奈さんは、驚いたように立ち止まった。

「里奈さんだよね？　ここで働いてたんだ」

「そう。ここでヘルパーの仕事してんの。あんたこそどうしたの、こんな時間に」

事情を説明すると、里奈さんは「マジ大変じゃん」と目を剝く。

「なんか手伝おうか？　あたしもうすぐあがるからさ」

「えっでも……」

「今遠慮するとこじゃないから。あんたには借りもあるしね」

そう言ってにっと笑う里奈さんは、なんだかとても可愛くて頼もしく見えた。

彼女は車を持っているそうなので、必要な物の買い出しを頼むことにし、いったん別れる。待合エリアに入ると、西橋さんが戻ってきていた。

「吉乃さん、検査に時間がかかってるみたいだね。夜間だから技師の数も限られているし仕方ないかな」

そう語る西橋さんは仕事着のまま来ているせいで、知らない人が見るとこの病院の医師だと間違えてしまうだろう。それくらい彼の振る舞いは落ち着いていて、一緒にいると自然と私も焦る気持ちが和らいでいく。

「あれ、そういえば楠はどこに行ったんだろう」

さっきまでそこにいたのに、いつの間にか姿が見えなくなっている。周囲に視線を走らせていると、入口の方から知った二人組がこちらへ向かってくるのが見えた。

「咲！」

私に気づいた美波が、血相を変えて駆け寄ってくる。その隣で笹森君が心配そうな表情を浮かべていた。

「ごめん遅くなって。タクシーつかまえるのに時間かかっちゃって」

「ううん、こっちこそ急なお願いだったのにありがとう。二人ともバイトとか大丈夫だったの？」

「そんなのどうだっていいよ。それよりおばあちゃん大丈夫なの？」

息を切らせる彼女は、バイト先からすっ飛んできてくれたんだろう。いつもきっちりセットされている髪は乱れ、化粧も取れかかっている。

「今検査してる。先生の話だと、どこか骨折してるかもって……」

「そっか……大したことないといいね」

「俺たちは何をすればいい？」

笹森君の質問に、私は入院のために必要な手続きや準備する物を説明する。

彼の優しげでまっすぐなまなざしを受け止めたのは、いつぶりだろう。

そんな感慨にふける間もなく、里奈さんが戻ってきてからあれよという間に話が進んでいった。最初こそ動揺していた美波もすぐに本来の調子を取り戻し、きびきびと役割分担を決めていく姿はやっぱり素敵だと思う。

その様子を見守っていた西橋さんが、もう大丈夫だと判断したのだろう。「じゃあ僕はこれで」と告げ、待合室をあとにした。

慌てて追いかけた私は、見送りのために出口までついていく。

「今日はありがとうございました。本当に助かりました」

「医師として当然のことをしたまでだよ。入院手続きとかは大丈夫そうだね？」

「はい。美波たちが手伝ってくれるそうです」

「そう。よかった」

二人の間に沈黙が流れた。本当は傍にいてほしい。でも彼にだって仕事があるし、わがままを言うわけにはいかなかった。

そんな気持ちが顔に出ていたのか、出口前で立ち止まった西橋さんは私の方に歩み寄った。ほんのりと冷たくて温かい手が、頭に触れる。

「また明日様子を見に来るから」

「はい。あの……待ってます」

そう告げると彼は微笑(ほほえ)みながら手を離し、去っていった。

待合エリアに戻ると、笹森君と里奈さんの姿が無かった。きっと買い出しに出かけたのだろう。

残っていた美波が、手にしていた紙コップを差し出す。

「咲、いったん座って落ち着こうか。準備は私たちでやっておくからさ」

「……ありがとう」

促されるまま、ソファに腰をおろす。

受け取った紙コップからは、甘く優しいココアの香りがしていた。ひと口含むと、体の中がほどけていくように感じられる。自分が思う以上に、心も体も緊張していたみたいだ。

二人でソファに腰かけ、がらんとした待合室を眺めた。さっきまでの喧騒が嘘みたいに周囲は静まり返っている。

「さっき出ていった人、この間アン・レジーナガーデンで食事してた人だよね？」

「あ、うん……」

「ドクターだったんだ。改めて見ると、やっぱり私たちよりだいぶ大人って感じ」

美波の言葉に黙ってうなずく。そう、彼は大人で吉乃おばあちゃんを助けてくれた人。

そして――私のことを、好きだと言ってくれる人。

「……咲？」

美波が驚いたようにこちらを覗き込んだ。いつの間にか私の頬は濡れていて、その理由もわからないまま、言葉にならない感情が次から次へとあふれていく。

「ごめん、なんか色々あって」

「大丈夫。大丈夫だよ」

涙が止まらない私を抱きしめ、美波は背中をさすり続けてくれる。今だけは何も考えず、こぼれ続ける雫に感情をゆだねた。

それはまるで、心に溜まったすすを洗い流そうとしているかのように、苦くて綺麗なものに思えたから。

おばあちゃんが検査から戻ってくるまで、美波はずっと傍についていてくれた。

「あの里奈って子に、咲の傍にいてあげなって言われてさ。私仕事モードに入るとつい、目先のタスクばかりに目がむいちゃうから。あの子が指摘してくれてよかった」

里奈さんの細やかな気配りに感心していると、美波はどこか嬉しそうに「あの子はなかなかのツンデレと見た。気が合いそう」なんて言うから笑ってしまう。

私たちは色々な話をした。それは不安を紛らわせるためでもあったけど、この一年の空白を埋めるように、互いの立ち位置を確かめるように、言葉を尽くしていたのかもしれない。

「そっか、おばあちゃんの救急搬送を手配してくれたのは、西橋さんだったんだ。家に来てるときでよかったじゃん」

「私一人だったら、きっとパニックになってた。感謝してもしきれないよ」

美波はうんうんと頷いてから、黙り込み。言うかどうか迷うような表情で、私をうかがう。

「……あのさ、咲」

「うん？」

「こんな時にする話でもないんだけど。あの人、咲に気があると思うよ」

思わず振り向くと、彼女はコーヒーを含みながらぽつり、ぽつりと言う。

「創太と咲が話してるとき、ずっと落ち着かない顔してた。平静を装ってたみたいだけど、気づいちゃったんだよね。彼、自分の手首を握りしめててさ。看護実習の時、緊張や動揺を抑えるために患者さんがよくやってるの見てたから」

「そうだったんだ……」

私が気づきもしないことを、美波はいつもよく見ている。大して驚いた様子のない私に勘づいたのだろう、彼女の茶色がかった瞳が少しだけ見開かれた。

「もしかして、もう知ってた？」

「少し前に告白された。でも私は何も言えなくて……」

彼の好意が迷惑だったのかと聞かれ、大きくかぶりを振る。

「そうじゃない。嫌だったわけじゃないの。でも自分の気持ちがわからなくて、答えられなかった」

「……その迷いの原因って、創太のこと？」

美波の瞳を見つめ返し、うなずく。「やっぱり、気づいてたよね」と苦笑すると、彼女も同じように苦笑してうなずいた。

「さすがにね。咲が何か言うまで待つつもりだったんだけど」

「……ごめん。どうしても言えなかった」

「いいよ。逆の立場なら、私だって言えなかっただろうし」

手元の紙コップを見つめ、大きく息をついた。

「私、何も見えてなかった……ううん、見ようとしてなかった」

手を差し伸べてくれる人は、強くて余裕があって。痛みなんて抱えているはずがないと、どこかでそう思い込んでいた。

「西橋さんの優しさに甘えて、彼の気持ちを知ろうともしなかった。考えれば考えるほど、自分のいい加減さが嫌になる」

「そういうもんだよ、みんな」

そう呟く彼女の横顔にいつもの凛とした気配はなく、弱気な笑みが浮かんでいた。

「私だって失敗ばかりだよ。咲が傷ついてるのに、何もできなくてさ……。どうすればいいかわかんなくて、声をかけては後悔してた」

「ごめん……美波だって苦しかったよね」

「お互い様だよ」

私たちは顔を見合わせ、ほとんど同時に笑みをこぼした。それは互いの中でくすぶり続けていたわだかまりが、ようやく氷解した瞬間だった。

「……あ、そうだ。今日は創太と一緒に来たけど、やめといた方がよかった？　一人で来るか迷ったんだけど、緊急事態だし創太も行くってきかなかったからさ……」

「ううん大丈夫。自分でも意外なくらい自然に振る舞えたから」

なぜだろうと考えて、急に目が覚めた気がした。

ああ、そっか。

そうだったんだ。

突然苦笑し始めた私を、美波が不思議そうに見つめている。やっと気づくなんて、さすがに鈍すぎると自分でも思うけれど。

いつの間にか、私の心の中にいた笹森君は役目を終えていた。今の私を彩っているのは、夜の海のように深く静かな――黒。

私、西橋さんのことが好きなんだ。

それから間もなくして、里奈さんから連絡を受けた美波が、電話をかけるために出ていった。入れ替わりで現れたのは、姿が見えなくなっていた楠だった。

「どこ行ってたの？　急にいなくなるから」

「ああ……吉乃に付いてやっていた」

そう答える楠の表情は、心ここにあらずだ。

月光を浴びたような白肌は青ざめ、視線もどこか定まらない。こんな状態の彼を見るのは初めてで、不安がこみ上げてくる。

「……おばあちゃん、良くないの？」

私の問いかけに、やっと濃緑の瞳がこちらを向いた。けれど返ってくる答えはなく、隣に腰を下ろすと黙り込んだままだ。

「東平吉乃さんのご家族の方いらっしゃいますか」

看護師の呼ぶ声に、はじかれたように返事する。

運ばれてきたおばあちゃんは、相変わらず眠ったままだった。寒さが和らいだおかげで顔色はいくぶんマシになったけど、呼びかけてもまったく反応がない。

検査の結果、おばあちゃんは大腿骨を骨折していることがわかった。宿直の医師は耳鼻科が専門だそうで、詳しい話は明日になるとのことだった。

「今は痛み止めを入れていますが、おそらく手術が必要になると思います。治療方針等については明日、整形外科の担当医から説明がありますので」

「あの……おばあちゃんは大丈夫なんでしょうか」

その言葉に、医師は曖昧な表情を浮かべた。

「骨折そのものは命にかかわる訳ではないのですが……。だいぶご高齢ですので、治療内容によっては予後に影響する可能性がありますね」

その辺りの説明も明日になるらしい。ひとまず命にかかわる怪我がなかっただけほっとしたけれど、まだまだ安心できる状況じゃないんだろう。

おばあちゃんの意識については、そのうち戻るだろうと言われた。私はいつおばあちゃんが目覚めてもいいよう、今夜は病院へ泊まることにする。

他に必要な荷物は明日取りに行くことにして、美波たちにはひとまず帰ってもらった。

里奈さんたちが揃えてくれた物を整理し、入院書類にサインする。差し入れてもらった飲み物を口にしてひと息つくと、もう深夜を回っていた。

おばあちゃんの静かな寝息を聞きながら、眠ったままの顔を見つめる。深い皺が刻まれていても、おばあちゃんは綺麗だ。若い頃は美人だったと聞いているし、きっと上品で素敵な女性だったに違いない。

「ねえ、楠」

私はベッド脇で佇む彼に、声をかけてみる。けれど返ってくる言葉はなかった。

「いったいどうしたの？　何か気になることがあるなら話してよ」

楠はおばあちゃんを見つめたまま、やがてぽつりと呟いた。

「……咲。以前俺に言ったことを覚えているか。助けが必要になった時は、頼ってほしいと」

「もちろんだよ。今もその気持ちに変わりはないし」

濃緑の瞳がまっすぐにこちらを向いた。そのまなざしはいつになく真剣で、私は背筋を引っ張られたみたいに姿勢を正す。

「明日頼みたいことがある。それまで悪いが放っておいてくれないか」

「……わかった」

はっきり頷いてみせると、彼は安堵したように微かな吐息を漏らした。

私は直感した。

楠が私に頼みごとをするのは、きっとこれが最初で最後だ。それくらい彼は今、何ごとか抱え込んでいる。たぶんそれはおばあちゃんに関係があることで、だからこそ私は楠の願いを叶えたい――いや、必ず叶えるのだと心の中で決意した。


翌朝になっても、まだおばあちゃんは目覚めなかった。

一晩中眠れなかった私はひとまず付添人用のシャワーを借り、身支度を整えた。体がさっぱりしたせいか、少し疲れもマシになった気がする。

院内のコンビニで朝食を買って病室へ戻ると、扉の前に見慣れた姿があった。

「西橋さん！」

振り向いた彼は、「おはよう」と漆黒の瞳を細める。

想像以上に早く来てくれたことが嬉しくて、私は思わず駆け寄ってしまう。

「おはようございます。こんな朝早くに来てくれたんですね」

「気になってたからね。吉乃さん意識戻った？」

「いえ、まだなんです。痛み止めが効いてるせいもあるみたいですけど……」

病室の扉を開け、彼を招き入れる。楠とは昨日の約束があるので、ここにいることはあえて西橋さんに言わないでおいた。検査結果について報告すると、西橋さんは表情を曇らせた。

「そうか……。骨折してなければいいと思ってたんだけど」

「はい。たぶん手術が必要になるだろうから、今日担当医から説明があるって」

彼は何事か考え込むように沈黙していたけれど、不安そうな私に気づきふっと表情をやわらげた。

「顔色あまり良くないけど大丈夫？」

「あ……昨夜はおばあちゃんが気になってほとんど寝てなくて……」

「少し眠るといいよ。吉乃さんは僕が見てるから」

「でも西橋さんこれから出勤ですよね?」

首を傾げる私に、少しためらいがちな口ぶりになる。

「ああいや。その……院長がね、事情を話したら今は君の傍にいてやれって」

「えっ」

確かに今日はグレーのトレーナー姿で、ずいぶんラフな服装だとは思っていたけれど。

西橋さんは首の後ろに手をやりながら、気恥ずかしそうに「そういうの、鋭い人なんだ院長は」と言う。

「あ、でも迷惑ならそう言ってくれれば」

「いえ！　嬉しいです。いてくれたらってずっと思ってたから……」

即答する私を見て、彼は視線を逸らすと口元を片手で覆った。どうやら照れているらしい。

「……本当は昨夜も残ろうと思ったんだけどね。その……君の想い人がいる前で、これ以上醜態さらしたくなくて」

昨日抱きしめられたことを急に思い出し、顔が熱くなる。でも隠された表情の下で、観念したように本音を吐露するこの人のことが、無性に愛おしくなった。

「……あの」

私は西橋さんを見上げ、そっと彼の手を取った。

「もう笹森君への気持ちは、ちゃんと手放せていますから。美波といるところを見ても、平気でしたし」

「あ……そうなんだ」

「はい、その、えっと……」

伝えるべきことがたくさんあるはずなのに、うまく言葉が出てこない。

彼を好きだと自覚したとたん、あふれ出す感情で喉（のど）が詰まってしまったみたいだ。

そんな私を見つめていた彼が、近づいて来る。けれど何かに気づいた表情になると同時、動きが固まった。

「……楠君、いたんだね」

「……………あ。」

そうだった。

すっかり彼の存在を忘れていた私たちは、とりあえず何事もなかったかのように椅子へ座った。いたたまれない空気が場を支配しそうになったとき、扉をノックする音が響いた。

返事をすると、見たことのない男性医師が入ってきた。

寝ぐせなのか髪がぼさぼさで、着ている白衣もしわだらけ。まだ若そうなのに随分くたびれた雰囲気を醸し出している。

「どうも、整形外科担当の城崎（しろさき）です……ってあれ」

彼の視線はなぜか、私の隣へくぎ付けになっている。

「……西橋？　なんでお前ここにいんの」

「城崎……やっぱり担当は君だったんだ」

「えっ知り合いなんですか」

驚く私に、西橋さんはうなずいた。

「研修医時代の同期でね。見た目はこんなだけど、腕は確かだから」

「お前ほんと遠慮ないな。これだからモテるやつは嫌なんだよ」

うんざりと言い放った城崎先生はカルテと私と西橋さんを見比べてから、怪訝(けげん)な表情を浮かべる。

「えっと……どういう関係？」

「あ、西橋さんは曾(そう)祖母を診てくれている先生なんですけど……」

もちろん、それだけではここにいる理由の説明にはならない。先生は何も言わない西橋さんを見て鼻から息を吐くと、「まあ、深く突っ込むのはやめとくわ」と言いやった。

「じゃあ東平吉乃さんの治療方針について説明を始めますが……西橋も聞くってことね、はいわかった」

城崎先生は私たちに検査結果が書かれた紙を手渡すと、症状や今後必要な治療について話し始めた。言葉遣いこそぶっきらぼうだけど、彼の説明は簡潔明瞭(めいりょう)でとてもわかりやすい。

私は先生が話した内容を咀嚼しながら、確認するように問いかけた。

「えっと……つまり、曾祖母の怪我は手術しないと治らないけど、手術に耐えられるだけの体力があるかどうかわからない、ということですね？」

おばあちゃんの心臓は、老衰の影響で弱ってきているらしい。通常の生活なら問題なくても、手術となると体への負担は計り知れない。

「そうです。僕は曖昧な言い方をするのは好きじゃないんで、はっきり言いますが。吉乃さんが手術に耐えられるかどうかは五分五分……あるいはそれ以下の確率だと思ってます」

「もし……手術をしなければどうなるんでしょうか」

「ほぼ確実に、このまま寝たきりになります」

私は体の中をわしづかみにされたように、息ができなかった。目の前に突き付けられた現実が、想像以上に重くのしかかってくる。

寝たきりか、確率の低い手術に賭けるか。

そんな選択をおばあちゃんにさせなければならないなんて、胸がつぶれそうだ。

「西橋、何か言うことはあるか？」

「いや……。この内容なら、僕も同じ見立てをしたと思う」

城崎先生は頷くと私を見やった。無遠慮なまなざしだけど、不思議と不快さは感じない。

「ご本人、ご家族とよく相談して決めてください」

「……わかりました」

城崎先生が出て行ってから、しばらく誰も言葉を発しなかった。西橋さんは気休めを言うような人ではないし、むしろこの状況で根拠もなく「大丈夫」なんて言われたら、腹が立っていただろう。それくらい、おばあちゃんが背負っている現実は厳しいのだ。

「……楠はこのことを知ってたんだね」

私がかけた言葉に、彼は久しぶりに口を開いた。

「昨夜ここの人間が話しているのを聞いた。吉乃の体力では厳しいだろうと」

「言ってくれたらよかったのに……」

「今日になって診断が変わるかもしれない……そう思いたかった」

苦しげに話す楠の瞳は虚ろで、今にも消えてしまいそうなほど儚く見えた。

「……とりあえず、家族に知らせなくちゃ」

私が椅子から立ち上がろうとしたとき、ベッドから小さなうめき声が聞こえてきた。

慌てて様子を見ると、おばあちゃんは苦しげな表情で口元を動かしている。

「おばあちゃん！　気がついた？」

「吉乃！」

私たちの呼びかけに反応はない。様子を見ていた西橋さんが、ナースコールに手を伸ばした。

「うなされているね。意識が戻りかけているのかもしれない」

「おばあちゃん！　おばあちゃん！」

何度も呼びかけると、おばあちゃんの口が微かに開き、何か言葉を発した。

「……さま」

「え？」

「ちとせ……さまに……あいたい……」

千歳さまに逢いたい。

はっきりと聞き取れたその言葉に、楠が反応した。

「わかった。俺が会わせてやる」

こちらを振り向く彼の瞳には光が戻り、その奥に灯る強い意志を私は見た気がした。

「咲、皆で話せるか」

「西橋さん、楠が話をしたがっています」

手を取ろうとするより先に、彼が私の手を握った。楠は意識が朦朧としているおばあちゃんの頬に触れ、いたわるように微かに笑んだ。

「お前たちに頼みがある。吉乃を千歳桜のところまで連れてきてくれ」

「わかった。なんとかしてみるよ」

私の返事に頷くと、今度は西橋さんの方を見やった。

「西橋殿、悪いが少し話がしたい。咲はそのまま吉乃についてやってくれ」

「でも私がいないと、西橋さんは楠と話せないよ」

楠は私の胸元を指し示した。

「その首飾りを西橋殿に渡せ。それさえあればどうにかなるはずだ」

「えっそうなの？」

言われるがまま、ペンダントを外して西橋さんに手渡す。二人はそのまま出ていき、残された私はとりあえずナースコールで、おばあちゃんの意識が戻りかけていることを伝えた。

看護師が様子を確認しに来てから、しばらくして城崎先生が姿を現した。先生はおばあちゃんに声かけしながら診察し「とりあえずは大丈夫そうですね」と頷く。

「強い痛み止めを使うと、はっきり覚醒しないのはしょうがないんで。もし意識がはっきりしたとしても、動かさないようにしてください」

そのとき、西橋さんが戻ってきた。彼は城崎先生に気づくとやにわに切り出す。

「城崎、吉乃さんを連れて外出したい」

「はあ？　お前正気で言ってるのか。そんなもん許可できるわけないだろう」

「責任は僕が取る。勝手に出ていったことにして見逃してほしい」

有無を言わせぬ言いぶりに、城崎先生は目をむいている。

「んなこと言われても……」

寝ぐせがついた髪をわしわしとかき回してから、大きくため息を吐いた。おばあちゃんと私たちを何度も見比べ、どこか諦めたように口を開く。

「……ったく大学病院辞めたときもそうだったが。言い出したら聞かないのは、相変わらずだな。どうやって出ていくつもりだ」

「介護タクシーを呼んでストレッチャーごと乗せる。動けない吉乃さんを移動させるには、この方法しかないからね」

「まじかよ……本気なんだな」

城崎先生は一瞬黙り込んだあと、何かを決めたような目で西橋さんを見据えた。

「三時間だぞ。三時間で戻ってこい」

「わかった」

「うちのストレッチャーを使え。最新式のを入れてあるからいくぶん揺れもましだろ」

「いいんですか？」

私の問いかけに、憮然（ぶぜん）とした表情で。

「どうせ駄目だと言ったところで聞かないんだろ。だったら患者の安全に最大限配慮するのが俺の仕事だ」

「ありがとう城崎。恩に着るよ」

西橋さんへちらりと視線を向けてから、城崎先生は何も言わず病室を出ていった。

私はおばあちゃんの枕元に歩み寄り、そっと手を握る。

「おばあちゃん、今から千歳さまの所に連れて行ってあげる。楠が会わせてくれるんだって」

聞こえているかどうかわからないけど、ほんの少しおばあちゃんの表情が和らいだ気がした。

「そういえば楠は一緒じゃなかったんですか？」

「先に行ってるって」

ストレッチャーを借りてきた西橋さんは、慣れた様子で私に指示しながらおばあちゃんを乗せた。本当に彼がいてくれてよかった。なんだかすべてのことが必然と思えるほど、物事が前に進んでいく。

運命が動くときっていうのは、こういうものなんだろうか。

私はひとつの〝予感〟を抱きながら、今はただその場所へ向けて走り続けた。

外に出ると、いつの間にか雪が舞い始めていた。ふわふわとした綿雪が、人や木や建物にうっすらと雪化粧をほどこしていく。

私はおばあちゃんが寒くないよう、借りてきた毛布や防寒布をたくさんかけた。西橋さんは自分がしていたマフラーを私に巻いてくれた。

病院から千歳桜のある丘までは、車で二十分ほど。とはいえ麓(ふもと)までしか車は入れないため、そこからは歩いて上がらなければならない。

「おばあちゃん、もう少しだからね……！」

私は息を切らしながら、ストレッチャーを押しあげた。後ろ手で引っ張り上げながら登る西橋さんの方が、だいぶ負担は大きいだろう。

彼の背を見つめながら必死に足を動かしていると、突然歩みが止まった。

「西橋さん……？」

前方を見上げている彼の背中越しに、丘の上を覗(のぞ)く。

そして、言葉を失った。

「うそでしょ……」

この前見た寒々しい景色は、薄紅色に塗り替えられていた。放射状に広がる枝のすべては花弁で覆いつくされ、淡く発光している。

白雪がやわらかく舞う中――千歳桜はまるでその命を解き放つように、満開の花を咲かせていた。

しばしの間、私たちは惚けたようにその幻想的な風景に見入っていた。

白銀の光に包まれた千歳桜は、この世のものとは思えなかった。薄絹のようにしなやかで繊細な花弁は、ひとつひとつが命に満ちている。

それはあまりにも綺麗で、あまりにも神々しくて。

見ているだけで体の奥底から歓喜が湧き上がり、涙があふれてくる。

「――来たか」

幹の陰から現れた楠は、穏やかな笑みをたたえていた。その表情は何かを成し遂げた安堵に満ちているようで。

「……凄いね、楠。千歳さまが咲かせてくれたんだね」

雪が降るほど寒いはずなのに、なぜか千歳桜の周りは温かい。

目元をぬぐいながらふとおばあちゃんに視線を向けると、うっすらと目が開いていた。

「おばあちゃん！　気がついたんだね」

桜が良く見えるよう、西橋さんと体を起こしてあげる。痛みがないか心配したけれど、

苦しむ様子はない。

「おばあちゃん見える？　千歳桜が咲いたんだよ」

これ以上ないほどに咲き誇る花々を見あげ、おばあちゃんは懐かしげに瞳を細めた。

「ああ、本当に綺麗……」

「うん綺麗だよね。こんなに綺麗な桜、見たことないよ」

私は祈った。

おばあちゃんがちゃんと千歳さまに会えますように。ちゃんと視えますように。

そう強く願い、おばあちゃんの手を握る。その上から西橋さんが手を重ねた。

「それで千歳さまはどこに――」

言いかけて気づいた。

目の前に立つ楠の体が、千歳桜と同じように淡い、月のような光を纏っていることに。

「楠……？」

ゆっくりと、時が立ち止まるように濃緑の瞳が閉じられた。

その刹那白輝の光が弾け、彼の身体を覆いつくしていく。光が霧散し再び現れた姿を見て、私はまた言葉を失った。

――そのひとは、桜色の神さまみたいだった。

白銀と薄紅色が入り混じった長い髪は、緩く結い上げられ光の粒子をまとっている。青の中に金色の光がちりばめられた、月光石を思わせる瞳。肌は雪のように白く、身にまとう濃紺の束帯は細やかな銀糸の刺繍が施されていて。今まで会ったどの木精よりも美しく、神々しいその姿は彼が確かに「千年生きた存在」であることを告げていた。

「やっと……お会いできたのですね」

涙を浮かべるおばあちゃんへ向け、楠——千歳桜は悠然と微笑んだ。

「久しいな、吉乃」

桜の花びらが一斉にさざめき、まとう光が濃くなる。それはまるで、眠りからの目覚めを歓び謳っているかのようだ。

「つまり……楠が千歳さまだったってこと……？」

呆然と立ち尽くす私に、西橋さんが静かにうなずいた。

「そういうことだね」

「待って……じゃあ楠は？　おばあちゃんが話してた〝楠さま〟はどこにいったの？」

「しょっちゅう会っていたと思うがな。あの縁側で」

千歳桜はどこかおかしそうに、月光石のような瞳を細めた。私は考えを巡らせる。あの

私の疑問に、楠は少し困った様子で隣を見やった。

「それは……千歳に聞いてください」

決まっているだろう？

そんな表情を浮かべ、千歳桜はおばあちゃんに優しげなまなざしを向けた。

「あの家に——吉乃の傍にいたかったからだ」

「では……ずっとあの家にいてくださったのですか」

やっと全てを悟ったのだろう、おばあちゃんは信じられない様子で口元を覆っていた。

その瞳は揺らぎ、微かに震えているように見える。

楠とわざわざ入れ替わった理由を、千歳桜は苦笑しながら語った。

「咲が視る力を持っていると気づいたからな。俺がいることは吉乃に知られたくなかった」

「どうして……」

「私のせいなのよ」

おばあちゃんが絞り出すように声を出した。その表情は見たことがないほど切なげで、私は胸がぎゅっとなる。

「私が自分で決めなかったから。千歳さまにこのようなご迷惑を……」

「吉乃。俺は迷惑などと思ったことは一度もない。俺自身が決めたことだ」

静かに言い切る千歳桜を見て、おばあちゃんははらはらと涙をこぼした。いったい何があったのか問いかけると、一度目を閉じてから、意を決したように口を開いた。

「おばあちゃんが咲ちゃんくらいの頃にね、千歳さまとここで知り合ったの」

他の木精とは明らかに違う神々しさに、最初は目も合わせられなかったそうだ。けれど千歳桜の方から声をかけたことがきっかけで、二人は話すようになったという。

「千歳さまとお会いするのが嬉しくて、楽しくて……毎日のように通ってはお話をしたわ」

私が楠にしていたように、おばあちゃんも色々なことを相談していたのだろう。

日々のこと、家族のこと、仕事のこと、友達のこと。

そして、恋のことも——

その頃おばあちゃんには、豊おじいちゃんとの縁談が持ちあがっていた。美人で気立てが良いと評判だったおばあちゃんに、豊おじいちゃんが熱心に求婚したというのは私も聞いたことがある。当時のおばあちゃんは、縁談を受け入れるか悩んでいたそうだ。

「豊さんは優しくて素敵な人だったわ。でも私はなかなか踏ん切りがつかなくて……。そのことを千歳さまに相談していたの」

そうして求婚の返事ができないまま半年ほど経ったある日、おばあちゃんは千歳桜に「もうここへは来るな」と言われた。

思いもよらなかった言葉に、おばあちゃんはひどく動揺したそうだ。

（千歳さま、どうしてですか？）

（俺がいては、お前は幸せになれない。もう俺のことは忘れて、豊と夫婦になれ）

（どうして……どうしてそんなことを言うのですか。私は……私はあなたのことが）

（吉乃、俺とお前とでは住む世界が違う）

（そんなことはわかっています！）

（……忘れろとおっしゃるのなら、もう私はこの力は要りません）

（吉乃……）

（あなたの存在がわからなくなれば、苦しい想いをしなくて済むのですから）

（……お前が望むのならそうすればいい）

◇◇

垣生先生がそうだったように、おばあちゃんは千歳桜を視たくないと強く願い、視る力を失った。自らの意志で失った以上、二度とその力が戻ることはなかったんだ。

「ずっと、ずっと謝りとうございました」

おばあちゃんは肩を震わせながら、何度も頭を下げた。

「あなたの愛を知っていながら、私は自分の足で歩いていくことができませんでした。あなたに背を押していただいたのに、ただ拒絶することでしか前を向けず……」

「謝る必要などない。あのときのお前は若かった、仕方のないことだ」

千歳桜の顔は穏やかで、おばあちゃんに対して何ひとつ負の感情を抱いているようには見えない。だから私はわかってしまった。

二人が別れてからのいきさつを千歳桜は語らなかったけれど、きっとこういうことだったんだろう。

力を失うことで千歳桜への想いを断ち切ったおばあちゃんは、豊おじいちゃんと結婚し、幸せな家庭を築いた。

そんなおばあちゃんのことを、千歳桜はずっと見守り続けたんだ。

あの家の、あの縁側で。

ひらひらと、桜の花びらが舞い始めた。咲き匂う花を見あげていた私は、ふと思い至る。

「もしかして、千歳桜が咲かなくなったのはうちに来たから？」

「ああ。宿木から長く離れていると、どうしてもな。それに俺は御魂(精霊の核)の大半を宿木から別の器に移した。今この木には最低限の命を維持するだけの力しか残っていない」

「別の器って……わかった、あのペンダントだ」

思えばあれを身に着けているときだけ、楠が付いてきていた。これ以上命を消耗しないために、そうするしかなかったのだ。

「そっか……。だからおばあちゃんに、居ることを隠したかったんだね」

千歳桜はゆっくりと頷(うなず)いた。

「俺があの家にいることを知ったら、吉乃は心を痛めただろうからな」

「どうしてそこまでして──」

言いかけて、かぶりを振る。

そんなの、決まっている。

彼は己のすべてを捨ててでも、おばあちゃんの傍にいることを選んだのだ。

なんて──なんて、強い意志だろう。

深い愛だろう。

涼しげな瞳の奥でずっと抱きしめていたのは、命がけの恋だったんだ。

ひらり、ひらりと花びらが降り続ける。

舞い落ちる花弁が地面を桜色に染め始める中、楠が静かに切り出した。

「……千歳。あとどれくらいですか。貴方に残された時間は」

「ああ……そろそろだな」

散り始めた花を見やる千歳桜に、私は嫌な予感がする。

「ねえ、残された時間ってどういうこと？」

気色ばむ私の手を、西橋さんが強く握った。こちらを見つめる双眸は、すべてを知っている目だった。

「彼はね。自分の残りの命を使って、花を咲かせたんだ」

「うそ……じゃあもしかして」

千歳桜は月を抱いたような瞳でおばあちゃんと私を交互に見つめ、その言葉を口にした。

「吉乃、咲。悪いが俺はひと足先に常世へいく」

息が止まりそうだった。

周りの音がすべて消え、彼が告げた言葉を理解するのを頭が拒否している。

「そんな……嫌だよ」

壊れた機械人形のように、かぶりを振り続ける。視界の端ではおばあちゃんが青ざめたまま絶句していた。

「どのみち俺はもう永くなかった。残りの命をお前たちのために使えたなら本望だ」

「嫌だよ楠！　私を一人にしないって約束したじゃない！」

「ああそうだ。咲を一人にはしない。吉乃は俺が守るからな」

私は頭を抱えた。彼を喪う現実が受け入れられず、暴発した感情で心がちぎれそうだ。

「あなたがいなくなったら、私これからどうすればいいの。誰の前で泣いたり悔しがったり喜んだりすればいいの。誰が私の背中を押してくれるの……！」

抑えの利かない私を、西橋さんが後ろから抱きすくめた。崩れ落ちそうになる頭上へ、千歳桜の低く穏やかな声が届く。

「咲、今の俺の望みを教えてやる」

見あげた先で彼はやっぱり、微笑んでいた。

「吉乃とお前に、この命を見届けてもらうことだ」

そのひと言は、ずしんと私の中に重く響いた。

ああ――そうだ。

千歳桜はここに来ると決めたときから、自分の『最期』をわかっていたはずだ。

だからこそ彼は今、自ら選んだ運命を受け入れているし、私の助けを必要としている。

そして私は必ず彼の望みを叶えると、誓ったんじゃないか。

「……それが楠の、最初で最後の『頼みごと』なんだね」

長い時を生きる木精にとって、愛する人に見送られることがどれほど難しく尊いか。

叶う奇跡が、どれほど愛しいことか。

私には想像することしかできないけれど。


桜の花びらが足元を覆いつくしてゆく。

私は必死に泣くのを我慢しながら、千歳桜に問いかけた。

「ねえ、教えてよ。あなたは……幸せだったんだよね」

「当たり前だ」

心から愛した人の傍でその生を見守り、彼女が築いた幸せを享受した。

そしてなにより。


「咲が俺を家族にしてくれた。これ以上何を望めというんだ?」


その言葉を聞いた瞬間、私の芯とよぶべき部分が、ぶわっと解放された。

私の視える力は彼を幸せにしていたんだ。

そう知れただけで心が温かく、満たされていくのがわかる。

「楠……ううん、千歳桜。私あなたに会えてよかった。精霊を視る力があってよかった」

微笑みながら頷く千歳桜のまとう光が弱まってきた。降りしきる花雨のなか、静かにそのときが告げられた。

「時間だな」

私はばらばらになりそうな感情を留めるように、ぎゅっと胸の前で手を握り締めた。

今は笑おう。出会えた奇跡に、ただ感謝しよう。

そして彼が道に迷わないよう、今度は私が背を押してあげるんだ。


千歳桜は西橋さんと楠を見やり「咲を頼む」と目礼した。

そしておばあちゃんの傍に歩み寄ると、そっと手を伸ばした。

「泣くな吉乃」

「すみません、私は最後までわがままばかりで」

おばあちゃんの頬を優しく撫でてから、千歳桜はゆっくりとかぶりを振る。

「お前が逢いたいと言ってくれた。俺にとってはそれがすべてだ」

あの日最後に告げた言葉を、君は覚えていないかもしれない
けれど、それでよかった
君は今も悔やんでいるのだろう
その必要はないと、幾度も告げたにもかかわらず
はじめて出逢った日のことも、あの日君が見せた涙も
今はただ、すべてが愛おしいだけ
君と同じ景色を見られたことは
きっと、奇跡と呼んでいい
だから何度だって、告げよう
たとえ傍に在らずとも、いつだって俺は君の幸せを願い続けている

「残りの命、存分に笑って生きてくれ」

おばあちゃんは花のような笑みを浮かべ、頷いてみせた。

やがて千歳桜の姿は光の粒子となり、幻のように消えてゆく。私はありったけの想いを込めて、叫んだ。

「ありがとう、大好きだよ！」

最後に見せた顔は、やっぱりいつもの微笑みだった。

■

病院に戻った私たちを、城崎先生は黙って迎えてくれた。痛みに苦しむ様子もなく、意識もはっきりしているおばあちゃんを診て、彼は驚いているようだった。

「お前、いったいどんな魔法を使ったんだ」

問い詰められた西橋さんは、かぶりを振る。

「僕は何もしていない。吉乃さんを救ったのは……愛かな」

「はあ？　お前そんなこと言うやつだったか」

気持ち悪そうに西橋さんを見やる城崎先生に、私たちは笑って応えるしかなかった。

その時病室の扉が開き、快活な声が響き渡った。

「遅くなって悪かったな！」

洒落たハンチング帽に空色のスタンドカラーシャツ。年齢は七十近いというのに手にはシルバーアクセサリーがひしめいている。

「満おじいちゃん！　いつ帰って来たの？」

「いやあ咲からのメールに気づいたのが昨日の深夜（現地時間）でな。滞在先のメルボルンからすっ飛んで今着いたところだ」

さして悪びた様子もなく、満おじいちゃんはわははと笑った。陽気さを全面に押し出したような風体に、西橋さんと城崎先生は面食らっているようだ。

室内に歩み入ったおじいちゃんは、吉乃おばあちゃんを見て、小首を傾げた。

「あれ？　なんだ、母さん意外と元気そうだな」

「ええ、おかげさまでね。咲ちゃんと西橋先生たちのおかげよ」

「そうかそうか。咲、よく頑張ったな。あとはじいちゃんに任せておけ」

大袈裟な身ぶり手振りは、いかにも海外暮らしの長い満おじいちゃんらしい。

ほっとした私は、気が抜けたように椅子へ座り込んだ。とたんに強烈な眠気に襲われ、いつの間にか意識を手放していた。

■

目覚めると、見知らぬ天井が視界に入ってきた。

（ここ、どこだろう）

肌触りのいいシーツに、柔らかな羽毛布団。もう少しここで眠っていたい誘惑に抗い、私はなんとか体を起こす。

眠気まなこで部屋を見渡すけれど目に付くものはなく、やっぱり知らない場所だ。

視線を少し下に落として、思わず悲鳴をあげる。ベッドの隅で倒れ込むように眠っているのは、西橋さんだった。

「ににに西橋さん!?」

私の声で起きたのだろう、目を開いた彼は少しぼんやりした様子でこちらを見た。

「あ……ごめん。うっかり寝ちゃってた」

「いえっあのっ！　ここ……どこですか」

「えっと……僕の家」

「!?!?」

絶句している私に、起き上がった西橋さんは手で軽く髪をすいた。

「あのあと気を失った君を、そのままにしておくわけにもいかなくて……。一応、君の家族の了承は得たから」

聞けば西橋さんが私の恋人だと早とちりした満おじいちゃんが、彼が医者だと聞いて「ぜひ連れて帰ってくれ」と頼んだらしい。

（お、おじいちゃんめ……）

目眩を起こしそうになりながら、はたと気づく。つまりこの部屋は、西橋さんが使っている寝室――

「わあああああ」

パニックになった私は、咄嗟にふとんを頭から被った。

「東平さん？」

「すすすみません、どんな顔をすればいいかわからなくて」

「大丈夫。変なことはしてないし、寝ていただけだから」

彼の声は落ち着いていて、そのおかげか頭の混乱も少しずつおさまってくる。

おそるおそる顔を出し、消え入りそうな声で呟いた。

「迷惑かけてすみません……」

「迷惑なことなんてなにもないよ」

目が合った西橋さんは柔らかく微笑んだ。そのまなざしはおばあちゃんを見つめる千歳桜と同じだった。

「何か飲む？」

そろそろと体を起こし、こくりとうなずく。ずいぶん長いこと眠っていたんだろう、喉がからからだ。

リビングのソファで西橋さんが淹れてくれたコーヒーを口にしながら、時間を確認するためにスマホを開いた。画面に表示された日時を見て、目を疑う。

「えっ私、丸一日近く寝てたの？」

「成長していく貴女と心を通わせ、家族となっていった——かつて私が、吉乃とそうしたように。その様子を、ただ見ていることしかできませんでしたから」

「そっか……ふくも一緒にいればよかったのにね」

本来なら千歳桜が別の何かに姿を変えて、楠とここで過ごすこともできたはずだ。

「この家に守り神は二人も必要ありませんから」

「……優しいんだね」

きっと彼は、千歳桜の想いを汲んだのだろう。愛する人の一生を自分だけが目に焼き付けたい……そんな彼のわがままは、私にだってわかる。

「友に千年に一度の恋をしたと言われたら、そうするしかないでしょう」

ふくの耳のうしろをわしゃわしゃと撫で、ぎゅっと抱きしめた。

「な、なんですか？」

「あなたはちゃんと家族だよ。うちの御神木なんだもの」

たとえ言葉は交わさなくても、ずっと私たちを見守ってくれていた。

ふくの琥珀色の瞳がほんの少し揺らぎ、照れくさそうに耳をぱたぱたとやる。

「……ええ、そうですね。千歳がやり残したことは、私が引き継ぎましょう」

「彼がやり残したことなんて、きっとないんじゃないかなあ」

最後に見た瞳は、あんなにも満ち足りていたから。

ふくは「そうかもしれませんね」と静かに目を閉じると、そのまま寝息を立て始めた。

午後になって、西橋さんがおばあちゃんの往診にやってきた。今日は人手が足りないらしく、付き添いの看護師がいない。

ちなみに彼との関係はこの一ヵ月で進展はしていないけれど、なんだかんだ連絡を取り合いながら、お互いその時を待っている感じだ。

検診は滞りなく終わり、西橋さんはいつも通り帰っていく。玄関を出たところで、彼を呼び止めた。

「西橋さん」

振り向いた漆黒の瞳は今日も凪いだ海だけど、私は知っている。その奥にある、たくさんの感情の灯火を。

「これからも、私の傍にいてくれますか」

こちらへ向き直った彼は、ゆっくりと口を開いた。

「僕でいいんだね？」

「西橋さんじゃないと嫌です。あなたが、好きなんです」

やっとそう伝えたとたん、想いがあふれるように涙がこみあげた。

千歳桜ほどの愛を傾けられるかはわからない。

でも私は私なりに、この人の傍で生きていきたいと心から望んでいる。

西橋さんは私を見つめたまま、手を伸ばしてきた。頬に触れる手のひらはほんのり冷たくて、温かい。

彼はこぼれた雫を指でぬぐうと、そっと唇を重ねた。まるで繊細なものに触れるかのように、優しいキスだった。

「……しまった。仕事中だった」

顔を離した西橋さんは、漆黒の瞳に苦笑をにじませる。

「初めて会った時も、仕事中でしたよ」

「そういやそうだったね」

彼は笑いながら私を引き寄せ、少しだけ強く抱きしめた。

微(かす)かな消毒液の香りと、舞い落ちる花のような雪と。


——春になったら、二人で桜を見に行こう。

涙でかすむ視界の向こうで、千歳桜が笑った気がした。

（了）

あとがき

はじめまして、久生夕貴と申します。このたびは本作を手に取ってくださり、ありがとうございました。

この作品は、私が日頃から愛してやまない花木を題材にしています。構想だけはずいぶん前からあったものの、仕事や子育ての忙しさからなかなか手をつけられず、いつかは……と思いながら何年もそのままになっていました。

けれどある日、このままでは一生書く機会はめぐってこないんじゃないかと思い至り。一念発起してなんとか時間をやりくりし、四カ月ほどで書きあげました。

あれほど時間がないと思っていたのに、やってみれば案外すんなりと書きあがったのですから、いかに自分が書かない言い訳をしてきたかを痛感しています。

書いている時間はただただ楽しく、構想だけだった物語が少しずつ肉づけされていくのは幸せでもありました。

自分の好きなもの、大切にしていることを詰め込んだ本作で受賞できたことはとても嬉しく、ありがたいことだと思っています。

現在私は、生まれ故郷である愛媛県新居浜市(にいはまし)に住んでいます。

穏やかな気候と自然に恵まれたこの地は、本作を書く上で多くのインスピレーションを与えてくれました。

主人公の名前含め、同郷の方にはピンとくる箇所があるのではないかと思っています。

愛媛を含め、四国には美しい場所がたくさんあります。お隣の高知県には『牧野(まきの)植物園』という広大な植物園があり、四国に来たらぜひ訪れてほしい場所のひとつです。

この園の所縁者である植物学者『牧野富太郎(とみたろう)』先生を私は敬愛していまして、作中に出てくる喜多川(きたがわ)先生は牧野先生をイメージしたキャラクターでした。

四国以外ではあまり知られていない方でしたが、なんとなんと、来春の朝ドラで牧野先生を扱うそうで、ファンとしては楽しみでなりません。

このあとがきを書いている今、庭では沈丁花(じんちょうげ)が満開になり、ミモザが開花し始めています。

季節がめぐり、花々が命を解き放つひとときは何度見ても飽きることはありません。

本作をきっかけに、読者の皆さまが四季折々の花に想(おも)いを寄せていただけましたら嬉しいです。

最後に、本作を出版するにあたって伴走してくださった担当編集者さま、関係各位の皆さま、装画を担当してくださった白谷（しろや）ゆうさま、そして私の作品づくりを誰よりも応援し支えてくれた家族と、今この本を手にしてくださっている読者の皆さま。

多くの方々のおかげで、こうして作品をお届けすることができました。本当にありがとうございました。

またお会いできる日を、心から願っております。めいっぱいの感謝を込めて。

お便りはこちらまで

〒一〇二―八一七七
富士見L文庫編集部　気付
久生夕貴（様）宛
白谷ゆう（様）宛

富士見L文庫

拝啓（はいけい）、桜守（さくらもり）の君（きみ）へ。

久生夕貴（ひさおゆうき）

2022年5月15日　初版発行

発行者　青柳昌行
発　行　株式会社 KADOKAWA
〒102-8177　東京都千代田区富士見2-13-3
電話　0570-002-301（ナビダイヤル）

印刷所　株式会社暁印刷
製本所　本間製本株式会社
装丁者　西村弘美

定価はカバーに表示してあります。　◇◇◇

●お問い合わせ
https://www.kadokawa.co.jp/（「お問い合わせ」へお進みください）
※内容によっては、お答えできない場合があります。
※サポートは日本国内のみとさせていただきます。
※Japanese text only

ISBN 978-4-04-074536-7 C0193

後宮妃の管理人

著／しきみ 彰　イラスト／Izumi

後宮を守る相棒は、美しき(女装)夫――?
商家の娘、後宮の闇に挑む!

勅旨により急遽結婚と後宮仕えが決定した大手商家の娘・優蘭。お相手は年下の右丞相で美丈夫とくれば、嫁き遅れとしては申し訳なさしかない。しかし後宮で待ち受けていた美女が一言――「あなたの夫です」って!?

【シリーズ既刊】1～6巻

富士見L文庫